> 任何文章，都预想有读者，一切所谓文章的法则，目的无非是便利读者，过去的现在化只是其中的一种而已。
>
> ——夏丏尊　叶圣陶

中国文学大师经典文库

大师语文课 写作七十二讲

夏丏尊 叶圣陶 ◎著

天地出版社 | TIANDI PRESS

写在前面的话

一书一卷,如一蔬一饭,为生活之所必需。

或许是在某个大雪漫天,周遭恍若隔绝世事般静谧的寂寥冬夜;也或许是在某个一觉醒来,耳边蝉鸣聒噪而百无聊赖的夏日午后;又或许是在某个如同趴在玻璃窗上的蝇虫,只觉眼前一派阳光灿烂却死活觅不到出路的焦虑时刻……这个时候,你手边需要这么一本真正为之怦然心动的书。

什么样的书能让人为之怦然心动?是"文学洛神"萧红于人生末端回溯童年,在北国雪城呼兰河边仰望满天星光叹人生为何如此悲凉的感喟;是那个好玩的老头儿汪曾祺所钟爱的一食一味,人间草木,亦是他笔端的家人闲坐,灯火可亲;是国之耆宿美学泰斗朱光潜引领你与美不期而遇,与生活握手言和的美学启蒙与人生答疑;是平易可亲的老舍先生踱步于北平城瓦舍街巷的从容洞察与散漫幽默;是横眉冷对的鲁迅先生对童年韶光的鲜活回忆,对丑陋人性的袒露、鞭笞;是"斯人若彩虹,遇上方知有"的古典诗词美学星辰秩序发现者王国维的人生三境;是有清一代唯美词人纳兰性德"人生若只如初见"的纯任性灵和"山一程。水一程。身向榆关那畔行"的格高韵远;是心存山河的美人林徽因落诸笔端的至臻诗情与天真理性；是白话美文典范朱自清先生眼中月光如流水般静静倾泻的荷塘；是"星斗其文，赤子其人"的沈从文先生尘埃涤尽、清明朗澈的湘西牧歌……

浅喜似苍狗，深爱如长风。时下流行的多媒体碎片化阅读，带来的更多的是一种浮躁、浅显、低效的阅读，缺乏的是通过对经典作品的深度阅读，以构建自我的、稳固的知识逻辑构架与价值观体系。靠频繁点击所获取的那一点点阅读刺激很快就会过去，而经典作品却如同长风，有时看似停了，但未来还会在你的生命中重新刮起。

这是经典的魅力所在，亦是文学的价值所在。

编者
2019年孟夏于夜航斋

写作七十二讲

002 第一讲 文章面面观

004 第二讲 文言体和语体（一）

006 第三讲 文言体和语体（二）

008 第四讲 作者意见的有无

010 第五讲 文章的分类

012 第六讲 应用文

014 第七讲 书信的体式

016 第八讲 书信与礼仪

018 第九讲 书信和诸文体

020 第十讲 记述和叙述

022 第十一讲 记述的顺序

024 第十二讲 叙述的顺序

026 第十三讲 记叙的题材

028 第十四讲 材料的判别和取舍

030 第十五讲 叙述的快慢

032 第十六讲 叙述的倒错

034 第十七讲 过去的现在化

036 第十八讲 观点的一致与移动

038 第十九讲 日记

040 第二十讲 游记

042 第二十一讲 随笔

044 第二十二讲 直接经验和间接经验

046 第二十三讲 间接经验的证明

048 第二十四讲 第一人称的立脚点

050 第二十五讲 第二人称的立脚点

052 第二十六讲 第三人称的立脚点

054 第二十七讲 叙述的场面

056 第二十八讲 事物与心情

058 第二十九讲 情感的流露

060 第三十讲 抒情的方式

062 第三十一讲 情绪与情操

064 第三十二讲 记叙与描写

066 第三十三讲 印象

068 第三十四讲 景物描写

070 第三十五讲 人物描写

072 第三十六讲 背景

074 第三十七讲 记叙文与小说

076 第三十八讲 小说的真实性

078 第三十九讲 韵文和散文

082 第四十讲 诗的本质

085 第四十一讲 暗示

088 第四十二讲 报告书

090 第四十三讲 说明书

092 第四十四讲 说明和记述

094 第四十五讲 说明和叙述

096 第四十六讲 说明和议论

098 第四十七讲 说明的方法

100 第四十八讲 类型的事物

102 第四十九讲 抽象的事理

104 第五十讲 事物的异同

106 第五十一讲 事物间的关系

108 第五十二讲 事物的处理法

110 第五十三讲 语义的诠释

112 第五十四讲 独语式和问答式

114 第五十五讲 知的文和情的文

117 第五十六讲 学术文

120 第五十七讲 对话

123 第五十八讲 戏剧

126 第五十九讲 文章中的会话

128 第六十讲 抒情诗

131 第六十一讲 叙事诗

133 第六十二讲 律诗

135 第六十三讲 仪式文（一）

137 第六十四讲 仪式文（二）

139 第六十五讲 宣言

141 第六十六讲 意的文

143 第六十七讲 议论文的主旨

145 第六十八讲 立论和驳论

147 第六十九讲 议论文的变装

149 第七十讲 推理方式（一）——演绎

151 第七十一讲 推理方式（二）——归纳

154 第七十二讲 推理方式（三）——辩证

156 关于《国文百八课》

附录 本书提到的选文选辑

名家美文精选

186 北方的冬天是冬天

187 杭州车中

188 朝雾里的小草花

189 偶然

190 泰山日出

192 翡冷翠山居闲话

195 一件小事

197 秋夜

199 雪

201 风筝

204 作文秘诀

208 山响

209 暗途

211 海

212 梨花

213 街头巷尾之伦理

218 小偷、车夫和老头

220 失眠之夜

224 西溪的晴雨

227 江南的冬景

231 日本的文化生活

237 绿

239 白水漈

240 白马湖

243 论青年

247 笑

248 别丢掉

249 记忆

250 山中

251 蛛丝和梅花

255 惟其是脆嫩

258 断魂枪

267 春风

269 想北平

272 养花

274 猫

写作七十二讲

全书内容均选自夏丏尊与叶圣陶合编的《国文百八课》。《国文百八课》原拟定六册，每册十八课，共一百零八课，后因战争，五、六册没能继续编印，所以实际只有七十二课。本书就是抽出《国文百八课》中每课的"文话"部分，结合阅读，主讲作文的方法。

第一讲　文章面面观

文章是记载世间事物、事理和抒述作者意思、情感的东西。每一篇文章有着内容与形式的两方面，某篇文章记载着什么事物、事理或抒述着什么意思、情感，那事物是什么样子，事理是否真确，意思是否正当，情感是否真挚，又，那些事物、事理或意思、情感对于世间有什么关系，对于我们有什么益处：诸如此类是内容上的探究。同是记载事物、事理或抒述意思、情感，在文章上有多少方式，怎样说起，怎样接说下去，什么地方说得简单，什么地方说得繁复，到末了又怎样收场，以及怎样用词，怎样造句，怎样分段落，怎样定题目，加标点：诸如此类是形式上的探究。

每读一篇文章该作内容的与形式的两种探究。文章的内容包括世间一切，它的来源是实际的生活经验，不但在文章上。至于文章的形式纯是语言、文字的普通法式，除日常的言语以外，最便利的探究材料就是所读的文章。

中学里国文科的目的，说起来很多，可是最重要的目的只有两个，就是阅读的学习和写作的学习。这两种学习，彼此的关系很密切。都非从形式的探究着手不可。

从古到今，文章不知有多少，读也读不尽这许多。取少数的文章来精读，学得文章学上的一切，这才是经济的办法。你读一篇文章的时候，除内容的领受以外，有许多形式上的项目应当留意；对于各个项目能够逐一留意到，结果就会得到文章学的各部门的知识。

一、这篇文章属于哪一类？和哪一篇性质相似或互异？这类文章有什么特性和共通式样？（文章的体制）

二、文章里用着的词类，有否你所未见的或和你所知道的某词大同小异的？（语汇的搜集）

三、文章里词和词或句和句的结合方式有否特别的地方？你能否一一辨认，并且说出所以然的缘故？（文法）

四、文章里对于某一个意思用着怎样的说法？那种说法有什么效力？和别种说法又有什么不同？（修辞）

五、文章里有什么好的部分？好在哪一点？有什么坏的部分？坏在哪一点？（鉴赏与批评）

六、这篇文章和别人所写的同类的东西有什么不同？你读了起什么感觉？（风格）

七、从开端到结尾有什么脉络可寻？有否前后相关联的部分？哪一部分是主干？哪些部分是旁枝？（章法布局）

别的项目当然还有，以上所举的是最重要的几个，每个项目代表文章的探究的一个方面。能从多方面切实留意，才会得到文章上的真实知识，有益于阅读和写作。

第二讲　文言体和语体（一）

现在我国的文章有文言体和语体两种。小学里读的都是语体文，一到中学校，就要兼读文言体的文章了。

文章本是代替言语的东西，凡是文章，应该就是言语，不过不用声音说出来而用文字写出来罢了；言语以外决不会另有文章。所谓文言，其实就是古代的言语。

言语是会变迁的。古代的人依了当时的言语写成文章，留传下来，后代的人依样模仿，不管言语的变迁不变迁；于是言语自言语，文章自文章，明明是后代人，写文章的时候偏不依当时的言语，定要依古人的言语才算合式。因而就有了文言体。这情形各国从前也曾有过，不但我国如此。

我国现在行用语体文了，但年数还不长久，从前传下来的书籍都是用文言体写的，社会上有一部分的文章也还沿用着文言体。所以，我们自己尽可以不再写文言体的文章，但为了要阅读一般书籍和其他用文言体写的文章。仍非知道文言体不可。

文言体和语体的划分，越到近代越严密，这显然和科举的考试制度有关。古人所写的文章时时流露着当时言语的分子，近代的文章，只要是与科举考试无关的，也常常可以在文言里看出言语的成份来。

文言体、语体混合的文章,自古就很多。

举一个例说,曲剧里的词曲大都是文言体,而说白却大都是语体,白话的"白"字就是从这里来的。这显然是文言体和语体混合的明证。此外如演义体的小说,如宋元以来的语录,如寻常家书等类的文章,里边都保存着许多言语的原样子。

这文言体和语体的混合,可以看作从文言体改革到语体的桥梁。

第三讲　文言体和语体（二）

假如这里有两篇写同一事情的文章，一篇是用语体写的，一篇是用文言体写的，把这两篇文章一句句一字字地对照了看，就容易看出语体和文言体的区别来。

语体和文言体的区别在哪里？不消说在词的用法和句子的构造上。从文言体到语体，词的用法的变迁有下面的几条路径。

一、由简单而繁复　有许多一个字的词，文言体里常常单独用的，语体里却要配上一个字成为两个字的词才用。例如"衣"字，在文言体里可以单用；语体里就要加上一个字，成为"衣服""衣裳"或"衣着"才明白。一个"道"字，在文言体里常常单用的，有时作"道德"解，有时作"道理"解，又有时作"道路"解；语体里就不能这样含糊，道德是"道德"，道理是"道理"，道路是"道路"，要分得清清楚楚。语体用字比文言体繁多些，字所表达的意义比文言体明确些。

二、由繁复而简单　有一些字，在文言体里原有好几种解释，一到了语体里，解释就比较简单起来。例如一个"修"字有许多解释，其中有一个是"高长"；可是语体里只在"修理""修饰"等意思上用到"修"字，"高长"的一部分意思是被除去了。又如"戾"字的解释，有一个是"到"和"及"的意思；语体里的"戾"字，这个解释也没有了。可见同样一个字，在解释上，语体比较文言体简单些。还有，文言体里的代名词是很繁复的，在语体里却很简单。语体里只是一个"我"字，在文言体里就有"吾""我""余""予"等字；语体里只是一个"你"字，在文言体里就有"尔""汝""子""若""而""乃"这许多；文言体里的"是""此""斯""兹"一串的指示代名词，在语体里只须用一个"这个"或"这"就够了。可见在词的范围上，语体比文言体也简单得多。

三、由古语到今语　文言体里所用的词有许多是语体里绝对不用的，这由于古今言语的根本两样。例如文言体里的"曰"，语体里改用"说"了；文言体里的"矣"，语体里改用"了"了。此外，文言体里还有一类的词，如作小马解的"驹"，作小牛解的"犊"，在语体里决不会用到，因为我们日常言语上早已不用这两个词，要末说"牛犊""马驹"，或者爽脆地说"小马""小牛"了。

句的构造的不同，当然有许多方式，最显著的是成份的颠倒。"有这个"在文言体是"有之"，"不曾有这个"却是"未之有也"；"你回上海"是"子归上海"，"你回哪里去"却是"子安归"。这种成份颠倒的例子是常见的，都和代名词的用法有关系。

第四讲　作者意见的有无

凡是文章，都是从作者的笔下写出来的，作者在自己的经验范围以内，对于一事、一物或一理、一情，有话要告诉大家，这才写出文章来代替言语。这样说来，文章里所写的当然都是作者的话了。

可是实际上，我们的说话之中，有许多话是自己说的，有许多话并不是自己说的。例如说："昨晚十二时光景，东街一家木作店起火，延烧了许多房子，到天明才熄。据某人说，损失合计在五万元以上。"又如说："我家有一幅新罗山人的画，画着几株垂柳，柳岸近处泊着一只渔船，一个老渔夫曲着身子睡在船梢，神情安闲得很。"火烧的话是关于事的，一幅画的话是关于物的，这许多话，其实都只是一种报告，只要事、物是真确的，无论叫任何人来说都可得同样的结果。把这些写入文章里，表面上好像句句是作者在说话，但是作者只担任了据实报告的职务，并不曾说出什么属于自己的东西来。假如说："昨晚十二时光景东街一家木作店起火，延烧了许多房子，到天明才熄。据某人说，损失合计在五万元以上。本城消防设备不完全，真可担忧，我们应该大家起来妥筹保障安全的方法才好。""我家有一幅新罗山人的画，画着几株垂柳，柳岸近处泊着一只渔船，一个老渔夫曲着身子睡在船梢，神情安闲得很。近来有许多人都赞美西洋画,我却喜欢这样的中国画,中国画的价值全在诗趣,西洋画在诗趣上和中国画差得很远很远。"这里面就有作者自己的东西了。作者对于火烧,对于画,在报告以外还发表意见,这意见才是真正的作者的话,叫另一个人来说,未必就是这样。因为事物是同一的,而对于事物的意见人人可以不同的缘故。

在有些文章里,作者从开始到完结只是报告,自己不加意见,不说一句话。有些文章里,作者在报告以外还附加着意见,说着几句话。我们读文章的时候,要留心哪些是作者的报告,哪些是作者的意见,以及作者在文章里究竟有他自己的意见没有。

第五讲　文章的分类

文章究竟有多少种类，中外古今说法不一。最基本的分类法把文章分为两种。一种是作者自己不说话的文章；一种是作者自己说话的文章。前者普通叫作记叙文；后者普通叫作论说文。

记叙文的目的在把事物的形状或变化写出来传给大家看，叫大家看了文章，犹如亲身经验到的一样。作者用不着表示意见，只须站在旁观的地位，把那事物的形状或变化的所有情形报告明白就好了。

论说文是作者对于事物的评论或对于事理的说明，目的在叫大家信服，理解。作者在报告事物的情形以外，还要附带说述自己的意见。

如果再分得细些，从这两种里把"记"和"叙"、"说"和"论"分开，就成四种：

一、记叙文——记事物的形状、光景。

二、叙述文——叙事物的变化经过。

三、说明文——说明事物和事理。

四、议论文——评论事物，发表主张。

这种分类都不过是大概的说法，指明文章有这几种性质而已。实际上一篇普通的文章往往含有两种以上的性质，或者在记述之外兼有叙述、说明的分子，或者在叙述之外兼有记述、议论的分子，全篇纯是一种性质的文章不能说没有，可是很少见。例如我们听了演说，提起笔来写道："演说台上摆着一张小桌子，桌子上摊着雪白的布，左边陈设个花瓶，满插着草花。右边是水壶和杯子。讲演者×××先生年纪在五十左右，中等身材，眉毛浓浓的，看去似乎是一个饱经世故的人。"这是写事物的形状和光景的，属于记述文。接着说："他先在黑板上写了'中国青年的责任'几个字，就开口演说，从世界大势讲到中国目前的危机，又讲到别国困难时的青年界以及中国青年界的现状，末了归结到青年与国家的关系。……"这是叙事物的变动的，属于叙述文。再接下去，如果说："这场演说很警策，论到我国青年界的现状这一段尤其痛切，我听了非常感动。……"这是议论文。如果再说一点所以感动的理由，那就是说明文了。

每篇文章的性质虽然难得全体一致，但各部分究竟逃不出上面所讲的四种或两种的范围。哪一种成份较多，就属于哪一种。我们平常所谓记述文或叙述文，就是记叙成份较多的文章，所谓说明文或议论文，就是论说成份较多的文章。

第六讲　应用文

文章的种类，除了上面所讲过的分为四种（或两种）以外，如果用另外的标准，又可以分为普通文和应用文两种。

除了学生在学校里练习的写作以外，凡是文章，都是作者感到有写出的必要才写成的。作者对于一种事物或事理觉得有话要向大家说，而且觉得非说不可，这才提起笔来写文章。在这意义上，可以说一切文章都是应用的，世间断不会有毫无目的漫然写文章的作者。

可是另有一种文章是专门应付生活上当前的事务的，写作的情形和普通的文章不同。作者写普通的文章，或者想报告自己的经验，或者想抒述自己的心情，或者想发表自己的意见，原都是有用的，不过究竟要写或不写全是作者的自由，作者面前并没有事务来逼迫着他，使他非应付不可。

我们在实际生活中，为了事务的逼迫而写作文章的时候很多，文人以外的一般人，毕生写作的差不多全是应付事务的文章。我们有事情要向不在眼前的朋友接洽，就得写书信；向别人赁房屋或田地，就得写租契；和别人有法律交涉，就得做状子；和别人合作一桩事业，就得订议约或合同；此外如官吏的批公文，草法规，工商界的写单据，做广告，都是应付当前事务的工作，并非自己有意要写文章，然而不得不写。这种文章特别叫作应用文。对于应用文而言，其余的文章都叫作普通文。

应用文的目的在应付实际事务，有的属于交际方面，有的属于社会约束方面，和我们的实际生活关系很密切，所以都有一定的形式。我们写普通文，不论是记述文、叙述文或是说明文、议论文，都可自由说话，不受刻板的形式的限制；惟有写应用文不能不遵守形式，否则就不合适。普通文以一般的读者为对手，内容比较广泛，所以写作起来比较自由。应用文的对手往往是特定的某一个人或若干人，而内容又多牵涉到实际生活上的事务，写作起来须顾虑到社交上、法律上、经济上的种种关系，所以限制就严密了。

第七讲　书信的体式

应用文中最普通的是书信,别种应用文也许有人可以不写,至于书信,几乎任何人非写不可。有人说:"现代的厨子,书信来往比古代的大臣要多。"在现代生活中,我们差不多每天要写书信,书信的繁忙是现代生活的特征之一。

书信的目的在接洽事务,写书信给别人,情形和登门访问面谈要事一样。因此,登门访问时的谈话态度,就可适用于书信。

书信的构造通常可分为三部分:第一部分叫作"前文",内容是寻常的招呼和寒暄;第二部分是事务,这是书信的最主要的部分;第三部分仍是寒暄和招呼,叫作"后文"。

这三部分的组织是很自然的。我们写书信给别人,目的原为接洽事务,但是不能开端就突然提出事务,事务接洽完毕以后,也不能突然截止,不再讲些别的话。这只要看访问时的谈话情形就可以明白。假如我们想向朋友借书,到他家里去找他谈话,见到的时候,决不能突然说"把×书借给我";如果是彼此好久不曾看见了,自然会说:"××兄,久不见了,你好!"如果是昨天才见过的,就会说:"××兄,听说你已入××大学了,功课忙吗?"这些话就相当于前文。以后才谈到借书的事情上去。那位朋友答应借书了,我们也不会拿了书就走，总得说几句话。"今天来吵你，对不起"，"这本书我借去，过几天亲自来奉还"，"那么我把书拿去了，再会"，这就是"后文"了。

前文与后文的繁简，因对手的亲疏而不同。从前的书信，往往有前文、后文，很郑重累赘，看了一张八行信笺还不知信中的要事是什么的；近来却流行简单的了。但无论如何简单，一封书信中，三部分的组织是仍旧存在的。

第八讲　书信与礼仪

凡是文章，都假想有读者的，写作的态度和方法因读者的不同而变换。说话也是这样，同是一场演说，对中学生讲和对社会大众讲，内容尽可不变，可是用辞的深浅，引例的难易以及口吻、神情等等都该不一样才对。

书信的读者是限定的特殊的个人，作者自己和这个人的关系，写作的时候须加以注意。写给老朋友的信和写给未曾见面的陌生人的信应该不同，写给长辈的信和写给平辈或下辈的信也应该不同。言语上的一切交际礼仪，在书信中差不多完全适用。

从一方面说，书信比言语更要注意礼仪。因为我们当面对人说话的时候，除了声音以外，还有举动、神情、态度等等帮助。学生拿了书本对先生说："给我解答一个问题！"这明明是命令口气，但那学生如果是鞠着躬用着请求的态度说的，先生听了决不会动气。在书信里就不然了，书信是用文字写成的，除了文字以外没有举动、神情、态度等等帮助，一不小心就失了礼仪，使读者不快。所以"给我解答这个问题"这一句话，在书信里非改作"请给我解答这个问题"不可。历来书信多用敬语，原因就在这上面。

书信里的称呼向来是很复杂的。称对手的有"仁兄大人""阁下""足下""执事""台端""左右"等等，自称的有"愚弟""鄙人""不佞"等等。现在改得简单了，除彼此有特殊称呼的（如母舅和外甥、表兄和表弟、叔叔伯伯和侄等）以外，一般的尊称是"先生"，知友称"兄"，自称是"鄙人"或"弟"。"我"字向来是不常用的，现在不妨用了。"你"字有"你""您"两个，称同辈以上该用"您"，称同辈以下不妨用"你"。

书信通常用请安问好作结，署名下常用"顿首""敬启""拜启""敬上"等字样。这种敬语，在最初也许是表示真实的情意的，流传下来，成了习惯，就是一种礼仪的虚伪了。在可能的范围内，这等地方应该力求简单合理。

书信在文章以外，还有许多事项应该注意，如书写的行款、信笺的折法、信封的写法以及邮票的粘贴方位等等都是。这些事项大概可以依从一般的习惯，而且与文章本身无关，所以这里不多说了。

第九讲　书信和诸文体

书信以应付当前的事务为目的，这所谓事务，范围很广。我们向书店卖书是事务，得写信；接受朋友的要求，解释书上的疑难也是事务，也得写信。到了某处，向父母报告行程是事务，得写信；把某处的地方情形、名胜大概和自己近来的感想报告给要好朋友知道，也是事务，也得写信。事务因各人的生活情形而不同。主妇的柴米琐屑和学者的研究讨论，同样是事务。事务的种类五花八门，书信的内容也就非常丰富了。

普通文章的种类，有记述、叙述、说明、议论四种（或记叙、论说二种），书信中各种都有。普通文是以一般人为读者的，指不出读者是谁；如果读者是一定的人（一人或二人以上）的时候，普通文也就成了书信了。

书信和普通文的区别，只在体式上，并不在内容上。书信可以是记叙文，也可以是叙述文，也可以是说明文或议论文。书信如果是写某一件东西或某地方的风景的，就是记述文；如果是述某一件事的经过的，就是叙述文；如果是说述某种理由或是自己对于某事的主张的，就是说明文或议论文。

有些书信只要把书信特有的头尾部分除掉，就是普通的文章，或是游记、地方调查记，或是学问上的说明，或是关于人生及国家大事的议论。古今流传的名文，有许多本是书信，经后人删去头尾，或节取其中的一部分，就成普通文的形式。纯文艺作品如小说之类，用书信体写成的也很多。这就足见书信文范围的广泛和运用的便利了。

书信在应用文中是最基本的一种，也是内容最丰富的一种，它在应用文中和普通文最接近，而且包含着普通文的各种类。所以，书信是值得重视值得好好学习的。

第十讲　记述和叙述

作者自己不表示意见的文章叫作记叙文。再细加分析，可得记述文与叙述文两种。

我们对于外界事物有两种看法，一是从它的光景着眼，一是从它的变化着眼。对于某种事物，说述它的形状怎样，光景怎样，是记述；说述它的变迁怎样，经过情形怎样，是叙述。前者是空间的，静的；后者是时间的，动的。用比喻来说，记述文是静止的照片，叙述文是活动的电影。静止照片所表示的是事物一时的光景，电影所表示的是事物在许多时候中的经过情形。

我们写一个人，如果写他的面貌怎样，穿的是什么衣服，正在做什么事，周围有着什么东西，诸如此类，都关于那个人的一时的光景，是记述；如果写他幼年怎样，求学时代怎样，学校毕业以后先做什么事，后来改做什么事，诸如此类，都关于那个人的一生或某期间的变化，是叙述。我们写一处地方，如果写当时可见到的风景，是记述；如果把那地方历来的状况详细说述，古时叫什么名称，曾经出过多少名人，在某次变乱中遭到怎样的破坏，经过怎样的改革才成现在的样子，这就是叙述了。

前面曾以普通照片比记述，以活动电影比叙述。我们倘若不把那长长的活动电影片放到放映机上去，看起来就是许多张普通的照片。从此说来，叙述其实是许多记述的连续。我们出去游玩，经过某山某水，一一写记，就成一篇游记。这游记从全篇说，是写出游的经过情形的，是叙述；若把其中写某山或某水的一段抽出来说，是写某山或某水的一时的光景的，就是记述了。

　　记述和叙述的分别原是很明白的，这两种成份常常混合在一篇文章里，纯粹记述或纯粹叙述的文章，实际上并不多见。我们把记述分子较多的叫作记述文，叙述分子较多的叫作叙述文。有些人为简便计，不分记述、叙述，就概括地叫作记叙文。

第十一讲　记述的顺序

记述文是写事物的光景的，事物在空间的一切形状，就是记述文的材料。事物的材料原都摆在我们面前，并不隐藏，可是我们要收得事物的材料，却非注意观察不可。自然界的事物森罗万象，互相混和着，我们要写某事物，先得把某事物从森罗万象中提出来看；又，一件事物，内容性质无限，方面也很多，我们要写这件事物，须把它的纠纷错杂的状况归纳起来，分作几部分来表出。这些都是观察的工夫。

记述文可以说是作者对于某事物观察的结果。观察的顺序就是记述的顺序。

事物在空间，有许多是并无统属的位次，我们随便从哪一方看起从哪一方说起都可以的。例如我们记春日的风景，说"桃红柳绿"，记山水的特色，说"山高月小"，前者先说桃后说柳，后者先说山后说月；如果倒过来说"柳绿桃红"，"月小山高"，也没有什么不妥当。这因为桃和柳，山和月，在空间是平列的，其间并无统属的关系。

有许多事物是有统属关系的，我们观察的时候要从全体看起，顺次再看各部分，否则就看不明白，说不清楚。例如我们要写述一间房子，必须先写房子的名称、方位、形状等等，然后顺次写客室的陈设、卧室的布置，或厨房中的状况；要写述一株植物，必须先提出那植物的名称和全体的大概，高多少，看去像什么，然后再写干、枝、叶、花、果等等。如果写房子的时候，先写客室的陈设，写植物的时候，先写叶子的形状，或者东说一句，西说一句，毫无秩序，别人就不会明白了。

记述文里所写的是事物的光景，要想把事物的光景明白传出，有两个最重要的条件。一个是着眼在位次，把事物所包含的千头万绪的事项，依照了自然的顺序，分别述说。写植物的时候，把关于干、枝、叶、花、果的许多事项，各集在一处说，说花的地方不说干，说果的地方不说叶。一个是着眼在特点，把事物的重要的某部分详细述说，此外没甚特色的部分就只简略地带过。写房子的时候，如果那房子是学者的住宅，就应该注重书斋的记述，其余如客室、厨房之类不妨从略，因为这些处所并不是特色所在的缘故。在保持事物的自然顺序的范围以内，尽量删除那些无关特色的分子，事物的特色才能格外显出。

顺序不乱特色明显的，才是好的记述文。

第十二讲　叙述的顺序

叙述文所写的是事物的变化。同样写事物，记述文所写的是事物的光景、状态，叙述文所写的是事物的变迁、经过。如果用水来比喻，记述文是止水，叙述文是流水。

变化、变迁、经过都是关于时间的事，所以时间是叙述文的重要原素。我们叙一个人，说他幼年怎样，长大以后怎样，什么时候死去；叙一件事，说那事怎样开始，后来怎样，结局怎样：都离不开时间，离开了时间就无法叙述。

叙述文是事物在某时间中的经过的记录，时间的顺序，可以说就是叙述的顺序。我们写一天所做的事，必得从早晨写起，顺次写到午前、午后，再写到临睡为止；写旅行的情形，必得从起程写起，什么时候起程，先到什么地方，见到什么，次到什么地方，遇到什么事情，最后从什么地方回来。如果不依时间的顺序，只是颠颠倒倒地写，那就很不自然了。

普通的叙述文，依照时间的顺序来写，大致不会发生错误。时间这东西是无始无终，连续不断的，如果严密地说起来，任何一件细小的事情都和永远的过去、永远的将来有关。所以我们叙述一件事情，须用剪裁的功夫，从无限的时间中，切取与那件事情最有关系的一段，从那件事情开始的时候写起，写到那件事情完毕的时候为止。那前前后后的无大关系的时间，都可以不必放在眼里。

对于切取来的一段时间的各部分，也不必平等看待。我们叙述事物变化、经过，目的在于把特点传出。写一天所做的事，不必刻板地从刷牙齿、吃早饭写起，直到就眠为止，只要把他那天特有的事件叙述明白就够了。写一个人的生活，不必刻板地从他出生、上学写起，直到后来生病、死去为止，只要把那人一生最有特色的几点叙述明白就够了。无关特色的材料越少，特色越能显露出来。这情形和记述文一样，不过记述文是空间的，叙述文是时间的罢了。

第十三讲　记叙的题材

记叙和叙述都是以事物为题材的。一个人每天看到的就很多，听到或想到的更是不计其数，这许多事物是否都是记叙的题材？换句话说，选取题材该凭什么做标准？

文章本和言语一样，写文章给人看，等于对别人谈话。我们对别人谈话，如果老是说一些对手早已知道的东西或事情，那就毫无意义，听的人一定会厌倦起来。对久住在南京的人说中山陵的工程怎样，气象怎样，对同级的学友说学校里上课的情形怎样，都是没有意义的事。

平凡的人人皆知的事物，不能做记叙的题材，实际上，作者也决不会毫无意义地把任何平凡的事物来写成文章的。作者有兴致写某种事物，必然因为那事物值得写给大家看，能使读者感到新奇的意味的缘故。

事物的新奇的意味，可分两方面来说。一是事物本身的不平凡，如远地的景物、风俗，奇巧的制作，国家的大事故，英雄、名人的事迹，复杂的故事等等，这些当然值得写。一是事物本身是平凡的，但是作者对于这平凡的事物却发现了一种新的意味，这也值得写。从来记叙文的题材不外这两种。其实，除应用文以外，一切文章的题材也就是这两种。

　　本身不平凡的事物，实际不常有，普通人在一生中未必常能碰到。我们日常所经验的无非平凡的事物而已。可是平凡的事物含有无限的方面或内容，如果能好好观察，细细体会，随时可以发掘到新的意味，这新的意味就是文章的题材。从来会写文章的人，可以说，大概是能从平凡的事物里发现新的意味的人。陈旧的男女"恋爱"，人人皆知的"花"和"月"，不知被多少文人利用过，写成了多少的好文章。

　　新的意味是记叙文的题材的生命。事物的新的意味，要观察、体会才能发现。所以观察、体会的修练，是作记叙文的基本功夫。

第十四讲　材料的判别和取舍

　　记叙文的题材是作者认为有新的意味的事物，关于那事物的一切事项，当然都是文章的材料了。一件事物的事项，可以多至无限。所以，材料不愁没有，问题只在怎样判别，怎样取舍。

　　作者对于某事物自以为发现了某种新的意味了，要写成文章告诉大家，这所谓新的意味，大概可归纳为三种性质：一是某种新的知识，二是某种新的情味，三是某种新的教训。一篇文章之中有时可兼有两种以上的性质。总而言之，记叙文所给与读者的，无非是知识、情味、教训三种东西。如果把记述文和叙述文分开来说，那末记述文所给与读者的普通只有知识、情味两种，不能给与教训。叙述文却三种都有。

　　材料的判别和取舍，完全要看文章本身的意味如何。文章本身的意味就是决定材料的标准。同是写"月"，天文学书里所取的材料和诗歌里所取的材料不同。天文学书里的"月"是知识的，它怎样生成，经过什么变化，直径若干，形状怎样，光度怎样，怎样绕着地球运转，运转的速度若干等等是适当的材料。诗歌里的"月"是情味的，或者说它如"弓"，如"蛾眉"，或者把它当作人，"把酒问月"，说它在那里"窥人"，或者把它的"圆缺"来作离合悲欢的譬喻，所取的完全是和天文学书里不同的材料。同是写岳飞，《宋史》和《精忠传》以及《少年丛书》，材料的性质及轻重也各各不同。《宋史》里写岳飞以历史的知识为主，教训、情味次之；《精忠传》里写岳飞以情味为主，教训、知识次之；《少年丛书》里写岳飞以教训为主，知识、情味次之。意味不同，材料的判别取舍也就不一样。知识上重要的材料，在教训或情味上也许并不重要，或竟是无用的东西；教训或情味上重要的材料，在知识上也许是不正确的或非科学的东西。

　　依了文章的意味，从题材所包含的事项里选取一群适宜的材料，这是第一步。第二步就得把意味再来分析，同是知识，方面有许多种，同是情味或教训，性质也并不单纯。要辨别得清清楚楚，然后从选好的一群材料里，精选出适切的材料来运用。材料本身有大有小，但写入文章里去，大的并非就是重要的，小的并非就是不重要的。仅只荆棘中的"铜驼"，可以表出国家的灭亡；仅只镜中的"白发"，可以表出衰老的光景。任何微小的事项，只要运用得适合，就会成为很重要的材料。

第十五讲　叙述的快慢

叙述文所写的是事物的变化、经过。一件事物先怎样，后来怎样，结果怎样，这里面有着一种流动。事物的变化、经过，是事物本身在时间上的流动，把这流动写记出来，就是叙述文。所以流动是叙述文的特性。

事物本身的流动有快有慢，原来不是等速度进行的。写入文章里面，因为要使事件的特色显出，就得把不必要的材料删去，在流动上更分出人为的快慢来。文章里叙述一件事物，往往各部分详略不同，只把力量用在最重要的一段经过上，其余的各段，有的只是一笔表过，但求保存着原因和结果的关系就算，有的竟全然略掉。假如用三千字来写一个人的传记，尽可以费去二千字以上的篇幅写他一生中的某一天，其余长长的几十年，只用几百字来点缀。用五千字来写一篇旅行记，假定所经过的地方有五处，也不必每处平均花一千字，对于重要的地方应该不惜篇幅，详细叙述，不重要的地方，不妨竭力减省字数。同样叙述事物的一段经过，详细地写，流动就慢了，简略地写，流动就快了。

快的叙述，便于报告事件进行的梗概；慢的叙述，便于表现事件进行时的状况。例如写一个人的病死，说"某人因用功过度，久患肺病，医药无效，于×日午后死在××病院里"。这是快的叙述。如果把其中的一段——假定是临死的一段来详写，病人苦痛的光景，家人绝望的神情，医生和看护妇的忙碌，以及那时候特有的病室里的空气，诸如此类，一一写述无遗，这就是慢的叙述。我们从前者只得到事件的梗概，知道某人死的原因、时间和地点；从后者可以知道他死时的实际状况。前者是抽象的，概念的；后者是具体的，特性的。

　　快的叙述和慢的叙述各有用处，不能说哪一种好，哪一种不好。一篇叙述文里头，什么地方该快，什么地方该慢，这要看文章本身的意味如何而定。总而言之，占中心的重要的部分该慢，不重要的部分该快。快慢就是详略，把不重要的部分略写，重要的部分详写，都是为了想显出特色的缘故。

第十六讲　叙述的倒错

叙述文所写的是事物在某时间中的经过、变化。时间有自然的先后顺序，例如一九三四年之后是一九三五年，过了五月，才到六月，无法叫它错乱。事物的经过、变化也依着时间的顺序。所以依照了时间的先后叙述事物，是最自然最普通的方式。

可是，我们在谈话或写作里叙述一件事的时候，时间倒错的事情是常有的。例如说："同学××君死了，三天前我到医院里去看他，他还能躺在床上看书呢。他一向很用功，不喜欢运动。去年冬天，因为感冒引起了长期的咳嗽，今年春天就吐起血来。据说，他在十二岁那一年曾有过吐血的毛病的，这次是复发。在家里养了几个月仍旧不见复原，不得已进医院去，结果还是无效。"这一段叙述里面，就有好几处先后倒错的地方，但是我们看了也并不觉得不合理，可见叙述文里把时间倒错是可能的。从来文言文当叙述倒错的时候，常用"初""先是"等辞来表示，在近代小说里，倒错的例子更多。

叙述可以倒错，但倒错的说法究竟是变格，遇必要时才可以用，胡乱的倒错，那是徒乱秩序，毫无效果的。我们叙述一件事，为要使事件的特色显出，必须淘汰无关紧要的闲话。倒错的叙述，无非是淘汰闲文，显出特色的一种方法。一件事情的经过、变化本来有时间的顺序，但是时间这东西是一直连续下来的，而事件的原因也许起在很早的时候，我们写作、谈话时只把其中最重要的一段来叙述，在这一段以前的事项，如果有必要，也非追叙不可，这就用得着倒错的说法了。还有，事件的进行往往有着好几个方面的。儿子在学校寄宿舍里的灯下写家信的时候，母亲正在家里替儿子缝寒衣。要把这情形叙述清楚，就得两面分写。如果说"母亲接到儿子的信的时候，早已把寒衣缝好寄出了。她一个月前自己上城去买了材料来，足足花了三个半夜的工夫才缝成，尺寸还是儿子暑假回来的时候依了校服量定的。"这也是倒错的说法。复杂的事件，关涉的方面很多，往往须分头叙述；因为要减少闲文，不妨把一方面作主，其余的方面作宾，运用着适当的倒错法。

第十七讲　过去的现在化

记述文是看了事物的光景写记的，所写的是作者对于事物的观察、经验，是一时的。叙述文所写的是事物在某期间的经过、变化，这经过、变化大抵是既往的事情，是连续的，过去的。

文章和说话，依照普通的习惯，都须表明时间，过去的用过去的说法，现在的用现在的说法。例如"十二点钟早已敲过了"是过去的说法，"正敲着十二点钟"是现在的说法。叙述文里所说的事都是过去的，照理每句话都该用过去的说法才对。可是实际不是这样，作者所叙述的明明是几年前几十年前几百年前的事，而所用的却是现在的说法，作者和所叙述的事件，仿佛在同一时代似的。例如《水浒》里叙述武松打虎说："……武松走了一程，酒方发作，焦热起来，一只手提着哨棒，一只手把胸膛前袒开，踉踉跄跄，直奔过乱林来；见一块光挞挞大青石，把那哨棒倚在一边，放翻身体，却待要睡；只见发起一阵狂风。那一阵风过了，只听得乱树背后扑地一声响，跳出一只吊睛白额大虫来。武松见了，叫声'啊呀'，从青石上翻将下来，……"作者施耐庵和武松并不在同一时代，可是他叙述武松的行动，宛如亲眼看见一样，用的大概是现在的说法。对于过去的事用现在的说法来写，不但小说如此，史传也如此。这叫作过去的现在化。

叙述文所以要把过去现在化，不但为了想省去每句的"已""曾""了"等表明过去字眼，避免重复，实在还有一个很重要的理由。我们写作文章，原是假想有读者，以读者为对象的。叙述文的目的无非要把事物的经过、变化传述给读者知道。人差不多有一种天性，对于过去的决定了的事件，不大感到兴味，对于亲眼看见的事件，常会注意它的进展，以浓厚的兴味去看它的结果如何。把过去现在化，可以使读者忘却所叙述的是几十年几百年几千年以前的事件，而当作现在的事件来追求它的结果，这增加兴味不少。人又有一种自负的心理，凡事喜欢自己占有地位，不愿一味受他人指示。作者如果将自己熟知的过去事件，这样那样如此如彼地向读者絮说，使读者只居听受的地位，并无自己参与的机会，就有损读者的自负心了。旧小说里，作者把明明晓得的结果故意不说出来，每回用"未知以后如何，且听下回分解"来结束，是熟悉读者心理的。过去的事件用现在的笔法叙述，读者读去的时候，就好像和作者同在看一件事的进展，事件的结果的发现，好像不只是由于作者的提示，读者自己也曾发现的劳力在内。这样，读者的兴味就能增进了。

任何文章，都预想有读者，一切所谓文章的法则，目的无非是便利读者，过去的现在化只是其中的一种而已。

第十八讲　观点的一致与移动

事物有许多部分或方面，一件东西，可以从各部分各方面来记述。例如记述某处风景，所要写的有山、水、树、田野、村落等等，先写什么，后写什么，有先后的推移；同是写山，有形势、地位、冈、麓等等，先写什么，后写什么，也有先后的推移。一件事情，可以从各方面来叙述。例如叙述甲乙二人打架，说："甲向乙讨债，乙说没有钱，还不出，甲骂乙不守信义，乙也还骂，于是两个人就打拢来了。"这段叙述里，第一句就甲方面说，第二句就乙方面说，第三句再就甲方面说，第四句再就乙方面说，这也是一种推移。所谓推移，换句话说，就是作者观点的移动。作者的眼睛或心意，好比照相机的镜头，是可以任意转动，更换方面的。

作者的观点，在可能范围内，须叫它一致。如果移动得太厉害，那末，在复杂的记述或叙述里面，就会头绪纷乱，弄不清楚。我们记叙某地方的风景，如果一句说山，一句说树，一句说水，下面又是一句山，一句树，一句水，结果山、树、水的事项非常零乱，读去就弄不清头绪了。应该把关于山、树、水的事项各并在一起记述，使观点的移动减少。叙述一件事情，如果那事情像甲乙二人打架的样子，是很简单的，那末东说一句西说一句也许不要紧，但是比较复杂的事件就不能这样了。应该选定一方面为主，将观点放在这方面，随时把其余的方面穿插进去。

记述文是写述光景的，光景都在作者眼前，要使头绪清楚，只有把同类的事项归并了来写，使每段的观点得以统一。叙述文是述经过、变化的，性质比较复杂，同样一件事往往可以用几个观点来写。例如上面的甲乙二人打架的事件，把观点放在甲的方面或者乙的方面都可以叙述的。

"甲向乙讨债，听见乙说'没有钱，还不出'，就骂他'不守信义'，因为乙也还骂，结果和乙打拢来了。"（观点放在甲的方面）

"乙对向他讨债的甲说'没有钱，还不出'，被甲骂说'不守信义'，就也还骂，结果和甲打拢来了。"（观点放在乙的方面）

在复杂的叙述文里，一定要把观点放在一方面，强求一致，对于事件的表现也许不方便。例如一个人的心理上的变化经过，在别方面是无法表现的。观点原可以移动，但不要无意义地移动。

第十九讲　日记

日记是把每天自己的见闻、行事或感想等来写述的东西，性质属于叙述文。凡是文章，都预想有读者；日记是不预借给他人看的（名人所写的日记后来虽被人印出来给大家阅读，但这并非作者当时的本意），所谓读者就是作者自己。因为除自己外没有读者，所以写述非常自由，用不着顾忌什么，于是日记就成为赤裸裸的自传。

日记写作的目的，第一是备查检。某人关于某件事曾于某日来信，自己曾于某日怎样答复他，某日曾下过大雨，某一件东西从何处购得，价若干，钱是从哪里来的，诸如此类的事，只要写上日记，一查便可明白。第二是助修养。我们读历史，可以得到鉴戒。日记是自己的历史，赤裸裸地记着自己的行事，随时检阅，当然可以发觉自己的缺点所在。

日记除了上面所讲的两种功用以外，还可以做练习写作的基础。"多作"原是学习写作的条件之一，日记是每天写的，最适合于这个条件。又，自记除自己以外不预想有读者，写作非常自由；所写的又都是自身的经验，容易写得正确明了。所以一般人都认为记日记是学习写作的切实的手段。

日记的材料是个人每天的见闻、行事或感想。我们日常的生活，普通平板单调的居多，如果一一照样写记，不特不胜其烦，也毫无趣味。日记是叙述文，该用叙述文的选材方法，并且要简洁地写。我们写日记，大概只在临睡前或次日清晨的几分钟，时间有限，写作的方法自不得不力求简洁；把认为值得记入的几件事扼要写记，把平板的例定的事件一律舍去。否则不但会把该记的要事反而漏掉，还会叫你不能保持每天记日记的好习惯。

　　日记有许多种类。商人的商用日记，医生的诊断日记，主妇的家政日记，和普通的所谓日记目标大异；前者实用分子较重，近乎应用文，后者实用分子较轻，近乎普通文。普通的日记包括事务、感想、趣味等复杂的成份。因了作者的种类，所轻重又有不同：学生的日记中事务分子较少，文人的日记中趣味分子较多，就是一个例子。

第二十讲　游记

和日记最相近的是游记，有许多游记就是用日记体写成的。游记有两种：一种只记某一名迹或某一园林、寺观，题材比较简单；一种记某一地方、山岳或都市，题材比较阔大。普通所谓游记指前者，旅行记则指后者。

游记之中含有两种成份，就是作者自己的行动和所游境地的光景。游记和日记不同，是预想有读者的文章。读者所想知道的是所游境地的光景，不是作者自己的行动。所以，关于作者自己的行动须写得简略，而关于所游境地的光景须写得详细。如"星期日没有事"、"几点钟出发"、"经过什么地方，碰到朋友某君，邀他同去""这日天气很好"之类的话，如果和正文没甚关系，都该省去。可是从别一方面说，写作者自己的行动是动的，是叙述；写所游境地的光景是静的，是记述。

游记在性质上属于叙述文，目的在借文字"引人入胜"，生命全在流动的一点上。死板地去写记所游境地的光景，结果会使流动随时停止，减少趣味。最好的方法是将作者的行动和所游境地的光景合在一处写；这就是说，写作者行动的时候要和境地的光景有关联，写境地的光景的时候也要和作者的行动有关联。从前读过的文章中，属于游记一类的有朱自清氏的《卢参》[1]，冰心氏的《寄小读者·通讯七》有几处也近于记游。现在从这两篇文章各举一处作例。

  卢参在瑞士中部，卢参湖的西北角上。出了车站，一眼就看见那汪汪的湖水和屏风般立着的青山，真有一股爽气扑到人的脸上。

——朱自清《卢参》

  ……出了吴淞口，一天的航程，一望无际尽是粼粼的微波，凉风习习，身如在冰上行。到过了高麓界，海水竟似湖光，蓝极绿极，凝成一片。斜阳的金光，长蛇般自天边直接到栏边人立处。上自穹苍，下至船前的水，自浅红至于深翠，幻成十色，一层层，一片片的漾了开来。

——冰心《寄小读者·通讯七》

这里面写所游境地的光景，都是从作者眼中看到或是心上感得的，这就把作者的行动和境地的光景打成一片了。所以读去很觉生动，并不嫌静止呆板。

  游记是记述和叙述两种成份糅合的文章，一切记述和叙述的法则，如写述的顺序、要点的把捉等等，都可应用。说明及议论，如非必要，可以不必加入。（《卢参》中关于冰河有许多说明，是恐怕一般读者不知道冰河的情形，所以特加解释，对于读者可以说是必要的。）最紧要的是作者的行动和境地的光景的融合以及流动的持续。

---

[1] 见本书附录。

第二十一讲　随笔

日记和游记都是生活的记述，日记以时日为纲领，游记以地域为纲领，范围都比较有一定。文章中还有写述随时随地的片段的生活的，叫作随笔，或者叫作小品。

随笔的题材，什么都可以做。读书的心得，新奇的见闻，对于事物的感想或意见，生活上所感到的情味等等，无论怎样零碎琐屑，都是随笔的题材。随笔的用途极其广阔，可以叙事，可以抒情，可以状物写景，可以发表议论。至于体式更不拘一格。长短也随意。真是一种极便利自由的文章。

随笔和别的文章的不同：（一）形式上在不必拘泥全篇的结构。一般的文章大概是有结构的，如传记须把人物的各方面按照时间先后大体叙述，游记须把游览的程序和游览的地方顺次写记，随笔却可以只写小小的一片段，不一定要涉及全体。（二）题材上在发端于实际生活。随笔中尽可发抒各种关于政治社会的大意见、关于宇宙人生的大道理，但往往并不预定了题目凭空立说，而只从自己实生活上出发。例如我们因了自己的生活，也许写一则随笔说到运动的好处，但并不是《运动有益论》，或者说到光阴逝去的迅速，但并不是《惜阴说》。

随笔自古就有人写作,近来尤其流行。古代传下来的随笔很不少,有的记读书心得,有的记随时的见闻。自科举制度废了以后,文章已不以应试为目标,除了有系统的学术文、有韵律的诗歌、有结构的小说或剧本、有定式的应用文以外,一般人所写的差不多都是随笔类的东西。

绘画里有一种叫作速写,把当前的景物用简略的笔法很快速地描写个大概或其一部分。画家常以这种练习为创作大幅的准备。随笔是文章上的速写;独立地看来,固然自成一体,但同时又可做写作长篇的基本练习。一般人要练习写作,每苦没有可写的材料;随笔是从日常生活出发的东西,只要能在生活方面留心去体察、玩味,就决不至于愁没有材料。所以写随笔和写日记一样,是练习写作的好方法。

一切文章都需要有新鲜味,尤其是随笔。随笔所关涉的是日常生活,日常生活大概是板定的,平凡的,如果写的人自己不感到兴趣,写了出来,也决不会使读者感到兴趣。好的随笔所着眼的常是一向被自己或一般人所忽略的方面。平凡的生活中不知蕴藏着多少新鲜的东西,等待我们自己去发掘。学写随笔的第一步功夫,就是体察、玩味自己的生活,在自己的生活上作种种的发掘。

第二十二讲　直接经验和间接经验

我们记述一件东西或叙述一件事情，所依据的是我们的经验。如果对于那所要记述的东西所要叙述的事情不曾经验过，就无从记述、叙述。照此说来，没有到过某地方的人就不能记述某地方的境况，没有参与过某次战争的人就不能叙述某次战争的情形。

可是，我们的经验有两种，一种是亲自经历得来的，一种是从书本上或旁人口头上得来的；普通所谓"见闻"，就把这两种都包括在内。前者叫作直接经验；后者叫作间接经验。直接经验当然最确实可靠，只是范围较狭；间接经验很广，只是有时不十分确实可靠，须仔细加以辨别。

记述文是可以专用直接经验做依据的。至于叙述文，除叙述自己的事情以外，就非取间接经验不可。记述文所写的是事物的一时的光景，可以亲自去经历。叙述文所写的是一件事情的经过，有些事情经过很长久，我们无法完全接触到，有些事情的发生和经过远在我们未出世之时，当然更无从去直接经验了。所以间接经验不但可以作文章的材料，而且在一般的文章中，间接经验实在占着大部分。有许多文章，作者所写的就全部是间接经验。

间接经验原非作者亲身的经历，可是作者把它写入文章中去的时候，普通常和直接经验同样处置，也像写自己的经历一般写去，仿佛都是亲眼见过的样子。小说不必说了，连传记也往往这样。这并不是全是作者的卖弄乖巧，实在是有理由的。第一，作者写一件事情或叙一个人物，经验的来处不一，就书本说，有从甲书得来的，有从乙书得来的，就人物说，有从甲的口头上得来的，有从乙的口头得来的；若一一要声明来源，不但不胜其烦，并且必须添出许多闲话，割断了文章的联络。第二，普通读者所希望得到的乃是某一事件、某一人物的整个经过，并不要想知道琐屑的证据，世间尽有注重证据、出处的文章（如年谱及考证文等），但普通的文章是不在此例的。

一篇文章中，作者往往把间接经验和直接经验混合了写，或把间接经验当作直接经验来写。我们读文章的时候，要加以分辨，看出哪些是作者的间接经验，哪些是作者的直接经验。

第二十三讲　间接经验的证明

间接经验可以和直接经验同等看待，写入文章去，但作者为取得读者的信用起见，也有时说明来历，证明他所说的事件是真实的。

原来，间接经验只能知道事件的轮廓，事件的微细部分是无法知道的。例如甲因事入了牢狱，后来死在牢狱里，这是可凭间接经验知道的。可是甲在牢狱里，某一天心中想些什么，乙去探问他时，他见了乙心里觉得怎样，其时乙又觉得怎样……这一些，凭了间接经验，究竟无法知道。又如写战争，甲乙两军于某日在什么地方打仗，甲胜乙败，或者甲败乙胜，死了多少人，这是可由间接经验知道的。至于战场上实际光景怎样，参战的某一个兵士作战的经过怎样，当时他心里愤怒或恐怖到何等程度……凭了间接经验，也无法知道。这还是就作者同时代的事件说的。那发生在作者未出世以前的事件，当然更渺茫了。

间接经验无法明了事件的微细部分，是很明白的。而作者在叙述文中为要传出真相，使读者领会，往往非凭了想象把事件的微细部分一并写述不可。本来无法明了的事，怎能写述呢？作者对于这一点，通常有两种办法。一是不顾一切，老老实实把间接经验当作自己的直接经验来写。二是在文章中表明经验的由来，说他所叙述的依据着某人的话或某书的记载，有时或仅在文章末尾加一"云"字（这常见于文言文），表示他的话有所依据，并非自己假造。这"云"字在语言是"据说"的意思，非常活动，不必明说这经验从何人或何书得来，总之表示有依据罢了。

在叙述文里，这两种方法都可用。就大体说，注重在趣味的文章如小说，本来应有依据的文章如历史，多用前一法，把间接经验当作直接经验来写述，不加证明——证明了反会减少趣味或价值。至于述奇异的故事，叙可惊可愕的轶闻，恐事件太不寻常，未易取信，就用后一法，把经验的来源说明，使读者相信确有其事。

第二十四讲　第一人称的立脚点

作者可有三种立脚点：（一）第一人称的立脚点；（二）第二人称的立脚点；（三）第三人称的立脚点。

以第一人称为立脚点的文章，作者是从"我"出发的，作者处处把自己露出在文章里。日记、自叙传等写自己的情形的文章固然是从第一人称立脚点写作的，别的种类的文章也可有第一人称的写法。写别人的情形，只要那情形是自己经验过的，不论直接或间接经验，都可从第一人称的立脚点来写。实际上这类的文章是很多的。

从第一人称的立脚点写述，最适宜的不消说是写自己的情形的文章。别人的情形，有许多地方——如心理方面——用第一人称去写，是很难表达的。例如：我们要写一个朋友的病况，如果用"朋友某君病了，我今天去望他……"一类的笔调写去，那位朋友患的什么病，病况大概怎样等等当然是写得出的，至于那位朋友所受到的痛苦，只能从他的呻吟、谈话、神情等看得出的方面作想象猜测的记叙，说些"我看他苦闷得很厉害"，"他握住了我的手，好像见了亲人似的"一类的话而已。真能表达出那位朋友的痛苦的，可以说只有他自己。他从第一人称的立脚点，写出自己病中的状况来，才会毫无隔膜，直捷痛快。因此，小说中为想求描写深切起见，作者常有故意代了小说的主人公用第一人称来写述的事。那时文章中的所谓"我"并非作者自己，是很明白的。

　　从第一人称的立脚点写文章，全体都须统一，不可把立脚点更动。最该注意的是人和地方的称呼。人和地方的称呼是因了说话的人的立脚点而不同的。例如：张三称张一叫"大哥"，不叫"张一"，可是在李四口里说起来，和张一对面的时候，叫"你"或"张一兄"，不在一处的时候，叫"张一"或"他"了。同是一个地方，因了说话的人立脚点不同，可以叫"这里"，也可以叫"那里"。在普通的文章中，用第一人称写的时候，"我"就是作者自己，对于人和地方的称呼都该和作者的地位一致到底，不得有一点混乱。混乱了就会失却统一，令人不懂。

　　用第一人称写文章，情形好比一个人用独白的态度讲话，独白可长可短，所以这类文章里面尽可有很长的东西。

第二十五讲　第二人称的立脚点

　　第一人称的文章好比独白,第二人称的文章好比对话。用第二人称的立脚点写文章,是从"你"(或"君""兄""先生"等尊称)出发的,这所谓"你"就是读者。

　　这类文章最普通的是书信,其他为特定的对手写的文章像祭文、训辞、祝辞等也属于这一类。第一人称的文章,不论写到如何长,通体可以用同一立脚点,从头到尾由"我"出发,不必更动。第二人称的文章是对话式的,不能只就对手说,有时非更换立脚点不可,因为听者不能和说者或其他的人没有关系。所以第二人称的文章不如别的立脚点的文章的能够统一,长篇文章全体用第二人称写的很少见。又,在表达的程度上,第二人称的文章也颇有不便利的地方。对手的心理情形只好作表面的叙述,无法彻底表达。

　　第二人称的文章虽非书信,但总得取书信的态度。故应用范围不如别的文章之广。可是近来却常有人应用,甚至应用到小说方面去。这可认为书信文范围的扩充。近来有一些文章,本来应该用第一人称或第三人称写的,却故意用第二人称的写法,随处点出"你"字。例如在对一般人讲卫生的文章里,说"快乐可以使你的健康增进,烦恼可以损坏你的健康";在叙述某山情形的文章里,说"山上夏期还有积雪，你到最高峰去，六月里也要着棉衣"。这里面的所谓"你"，并不专指某一人而是指一般的人，连"我"也在内。如果把"人"或"我""我们"代入，也没有什么不可以。

我们在古来的诗歌、格言里，常碰到"君不见……"或"劝君……"等的笔调，这也是第二人称的说法，那里面的所谓"君"，往往也是泛指一般"人"的。可是普通文章里并不常见这情形。近来作者的故意在文章中用"你"，实受着西洋文的影响。西洋文中常有这样的写法。

文章原是以读者为对象的，不拘任何人，当他和文章接触的时候，就是作者的对手了。因此，作者对读者不妨称"你"。这比较泛称"人"来得亲切，用在劝诱文、说明文中很适当。

第二十六讲　第三人称的立脚点

　　第一人称的立脚点便于写出自己，第二人称的立脚点便于告语特定的对手，都要受到种种的限制。比较自由的是第三人称的立脚点。第三人称的文章是从"他"或那人的真姓名出发的。普通以用真姓名的占多数。如"武松在路上行了几日，来到阳谷县地面。……""这人姓王名冕，在浙江绍兴府诸暨县乡村里住。……"都是用第三人称的立脚点写的文章。

　　用第三人称的立脚点写文章，作者可取的有两种态度：一是客观的态度，一是全知的态度。

　　客观的态度是知道什么写什么，看到什么写什么，作者对于所叙述的人物或事件，不说任何想象揣测的话。这适宜于事实的叙述，我们平常所写作的叙述文，都属于这一类。在这种态度之下，一切以作者的直接经验为基础，作者的叙述中如有非直接经验的事项（即间接经验），须说明来历，否则就不相应了。

　　全知的态度是作者除写一些亲见亲闻的事物以外，更凭着想象的揣测立言，表示他无所不知。在这种态度之下，作者好似全知全能的神，从天上注视下界，一切人物的内心秘密，他无不知道。他不但能知道某一方面的人物的内心秘密，还能同时知道某方面的人物的各种情形。这常应用于小说、历史、传记等。小说一方面写男主人公在外面干什么或想什么，接着就写女主人公这时候正在家里干什么或想什么，历史中叙两军战争的情况，传记中记一个人与他人对话的口吻，这种地方作者如果不取全知的态度，是无法自圆其说的。尤其是在叙述复杂的心理的文章中，作者必须取这态度，才能不受拘束。

用第三人称的立脚点写文章，因为有全知的态度可取，所以非常便利。但须注意，全知的态度适宜于离开作者自己较远的叙述。如果叙述一件目前的事情或一个眼前的人物，漫然地用全知的态度来写，就会到处发生不合理的地方，倒不如取客观的态度的好。

除创作小说外，作者虽用全知的态度叙述事或人物，但大体须有依据。历史、传记都如此：作者从种种方面收得了间接经验，把它综合起来，然后用全知的态度来写成文章，并非一味由自己虚构的。

第二十七讲　叙述的场面

记述文和叙述文都要有一定的观点，观点在某程度内宜一致，必要时不妨移动。这是前面已说过了的❶。记述文所写的是事物的一时的光景，一件事物现出在作者的眼前，作者对于那事物的各部分，虽顺次移动自己的观点一一写记，时间上和空间上都相差不远。至于叙述文是写事物的变化、经过的，一种东西或一件事情的变化、经过，往往牵涉到很多的方面，关系到很久的时日，在时间上、空间上都不像记述文那样简单。

在叙述文中，一段连续的时间和一个特定的空间为一个场面。这一个场面犹之戏剧里的一幕。时间、空间有变动了，就要另换场面。遇到复杂的事情，须要叙述的方面越多，场面也自然越要更换得多。

但所谓叙述，并非完全是事件的依样抄录。对于一件事情的经过，倘若一一要把各方面的情形分头改换了场面来写，遇到复杂的事情，那就不胜其烦了。这时候须用剪裁的工夫，选定几个主要的场面，其余的零星事项，如果不是必要的就舍去，如果是必要的就穿插在别的场面里，不叫它独占一个场面。戏剧中有所谓独幕剧的，只是

---

❶ 参见本书第十八讲。

一个场面，靠着剧中人的说话和表演，能把过去种种复杂的经过情形表达明白，效力和把全体事件演出一样。足见场面是可以因了剪裁的技巧而减少的。叙述一件事情，各关系方面的情形往往须交代明白，原不必一定要像作独幕剧的样子，把场面限到一个。但必须用剪裁的工夫，把场面严密选择，省去那些不必要的场面。选择场面的标准有二：一要看事件的全经过中，哪些是主要部分；二要看有关系的人物中，哪几个是主要人物。把场面配在事件的主要部分和主要人物上，就不致大错了。

　　文章遇到改换场面的时候，必须交代清楚，否则就难叫读者明了。戏剧中换场面的时候，是用闭幕的办法的。文章中换场面的表示法有两种：一是分段另写；一是用一句话来点明，如"武松在路上行了几日，来到阳谷县地面"，"王冕自此在秦家放牛"之类。前者常用以表示大段落，犹之戏剧中闭幕分隔，是近来流行的方法。后者常用以表示小段落，从前的人写文章，连写下去，不分段落，这方法尤常见。

第二十八讲　事物与心情

以前曾经说过，在有些文章里，作者从开始到完结只是报告，自己不加意见，不说一句话。在另外一些文章里，作者除报告以外还附加着意见，说着几句话。前者就是记叙文；后者就是论说文。

照这样说，好像记叙文完全是照抄客观的事物，作者自己没有一点主观的东西在里头了。其实并不然。试取同一题材教两个作者去记叙，依理说，大家都是照抄，写成的文章应该彼此相同。但是实验的结果却往往彼此互异——学校里逢到作文课，几十个同学写同一题材的记叙文，写成之后彼此调看，竟难看到完全相同的两篇：这不是大家都有的经验吗？为什么会彼此互异？第一，记叙的顺序不同，写成的文章就互异了。第二，对于材料的取舍，各人未必一致，因此，写成的文章就互异了。第三，对于同一材料，各人又有各人的看法，看法不一样，写成的文章也就互异了。以上第一项是属于技术方面的事；第二、第三两项都源于作者的心情，心情是所谓主观方面的东西。客观的事物呈现在作者的面前，作者把主观的心情照射上去，然后写述出来。这虽不是发表什么意见，却也和呆板地照抄不同。正惟如此，所以两个作者记叙同一的题材，写成的文章总是彼此互异的。

如果用照相的事情来比况，这个道理将更见明白。照相，通常都认为照抄客观事物的一种手段。但是，对于同一的事物，几个照相家可以照成各不相同的相片。甲把焦点放在事物的这一部分；乙把焦点放在事物的那一部分；丙呢，把光线弄得柔和一点，他以为这样才能显出那事物的神情；丁却把光线弄得非常强烈，他以为非如此不足以显出那事物的精彩。冲洗出来的结果，四张照片各不相同，那是不消说的。所要说的是四个照相家定焦点、采光线为什么会不同。这就由于他们心情不同的缘故，说得详细一点，就是他们主观的心情不同，所以对于客观的事物所感到的意趣也不同，他们各凭自己的意趣来照相，成绩自然互异了。被认为照抄客观事物的照相尚且如此，记叙文常和心情有关也就可想而知。

生性缜密的人常欢喜写事物的优美的部分；生性阔大的人常欢喜写事物的壮伟的部分；一个闲适的人听了烦嚣的蝉声也会说它寂静；一个忧愁的人看了娇艳的春花也会感到凄凉。事物还是客观的事物，一经主观的心情照射上去，所现出来的就花样繁多了。

通常的记叙文记叙事物，大多印上了作者的心情，不过程度有深浅罢了。惟有教科书、章程、契据等等的文章，才可以说只叙述事物而无所谓作者的心情。这因为这类文章有限定的范围，无论由谁来写，所写的总是这一套东西，作者的心情是搀杂不进去的。

第二十九讲　情感的流露

　　一般的记叙文记叙事物，多少印上一点作者的心情，前面已经说过了。有一种记叙文，作者所以要写作的原由并不在记叙他所写的事物，却在发抒他胸中的一段感情；感情不能凭空发抒，必须依托着事物，所以他用记叙事物的手段来达到发抒感情的目的，像这样的记叙文特称为抒情文。抒情文和记叙文同样是记叙事物的文章；但前者以感情为中心，一切记叙都和中心相呼应，后者只以事物为中心，事物以外不再照顾到什么。这是二者的分别。

　　所谓感情，无非喜、怒、哀、乐等等。当我们遇到了可悲可喜的事物，喜或悲的感情被引起来了，如果是一个人独处在那里，本来也没有什么可说，至多发出一两个欢喜的或者悲哀的感叹词罢了。但是要把这一段感情写入文章，情形就不相同。写到文章，就得预想有读者，在读者面前单只写下几个感叹词，谁能知道你所怀的是什么感情呢？你得把引起你的感情的事物记叙明白，教读者也具有你所有的经验，才能使读者知道并且感到你所怀的感情。能使读者知道并且感到，这才算真个把感情发抒了出来；否则只是郁而不宣，独感而没有传达给人家，虽然自以为写了抒情文，实际却等于没有写。

　　一组球员去和人家赛球，得胜回校，心里一团高兴，要把他们的快乐分给没有去参观的同学享受；他们就得把球场上的情形详细说述，怎样怎样，结果胜了三球。同学们听了，好像眼见了当时的情形，也就高兴非凡，不觉拍手欢呼起来。

又如妇人家在家里受了丈夫的气，满腔冤抑，要向邻居倾泄一番；她就得把受气的经过详细说述，为了什么什么，她才受到这难堪的冤抑。邻居听了，设身处地地着想，觉得她的确可怜，于是对她抱同情，用好言好语安慰她。从以上二个日常生活中的实例看来，更可以明白抒情必须依托着事物的道理。再退一步，假定并不详细说述，但是在前一例里，至少要说："我们胜了三球！"在后一例里，至少要说："今天受了丈夫的责骂！"而这两句话写入文章里也就是叙述文了。

抒情文的材料的取舍以能否发抒感情为标准，大概使作者自己深深感动的事物都是适用的材料。依照着感情的情形记叙或者叙述，作者的感情就从这里头流露出来了。

第三十讲　抒情的方式

抒情大概有两种方式：一种是明显的；又一种是含蓄的。作者在记叙事物之后，情不自禁，附带写一些"快活极了""好不悲伤啊"一类的话，教人一望而知作者在那里发抒他的感情，这是明显的方式。作者在记叙了事物之后，不再多说别的话，但读者只要能够吟味作者的记叙，也就会领悟作者所要发抒的感情，这是含蓄的方式。

我们试取归有光的文章作为例子。归有光作《先妣事略》[1]，琐琐屑屑叙述了一些关于他的母亲的事情，末了说："世乃有无母之人，天乎痛哉！"这明明是感情极端激动时所说的话。不然，若就母亲生子的关系说，世界上哪一个人没有母亲？若就母亲死了以后的时期说，哪一个人死了母亲还会有母亲？"世乃有无母之人"岂不是一句毫无意义的话？惟其在感情极端激动的时候，才会有这种痴绝的想头；就把这痴绝的想头写出来，更号呼着天诉说自己的哀痛，才见得怀念母亲的感情尤其切挚。这是明显的抒情方式的例子。再看《项脊轩志》，归有光在跋尾里叙述了他的夫人和项脊轩的关系，末了说："庭有枇杷树，吾妻死之年所手植也，今已亭亭如盖矣。"骤然看

---

[1] 见本书附录。

去，这一句只是记叙庭中的那棵枇杷树罢了，但是仔细吟味起来，这里头有人亡物在的感慨，有死者渺远的怅惘，意味很是深长。如果那棵枇杷树不是他夫人死的那一年所种下的，虽然"今已亭亭如盖"，也只是无用的材料，就不会被写入文章里了。这是含蓄的抒情方式的例子。

以上所说两种方式并没有优劣的分别；采用哪一种，全凭作者的自由。不过，如果采用明显的方式而只写一两句感情激动的话，如作《先妣事略》只说："世乃有无母之人，天乎痛哉！"而前面并没有琐屑的叙述，那是没有用的，因为人家不能明白你为什么要说这种痴绝的话。如果采用含蓄的方式，而所取的材料与发抒的感情没有关系，如作《项脊轩志》的跋尾而说起庭中的几丛小草，那也是没有效果的，因为人家从这几丛小草上吟味不出什么来。所以，选取适宜的事物，好好地着笔记叙，无论采用哪一种方式都是必要的。

从情味说，两种方式却有点儿不同，明显方式比较强烈，好像一阵急风猛雨，逼得读者没有法子不立刻感受。含蓄的方式比较柔和，好像风中的柳丝或者月光下的池塘，读者要慢慢地凝想，才能辨出它的情味来。

还有一层，作者在一篇抒情文里头兼用着两种方式也是常见的事。

第三十一讲　情绪与情操

所谓喜、怒、哀、乐等等感情，虽然有强烈的差别，如喜有轻喜和狂喜，怒有微怒和大怒，但总之是显然可辨的，狂喜和大怒固然人己共觉，轻喜和微怒也决不会绝不自知。这种感情在我们心里激荡的时候，好比江河里涌来了潮水；等到激荡的力量消退了，心境就仍旧回复到平静。通常把这种显然可辨的、渐归消退的感情叫作情绪。

另外有一种强度很低的感情，低到连自己都不觉得，但比较持久，也许终身以之。这种感情通常叫作情操。例如虔敬是一种宗教方面的情操，清高是一种道德方面的情操，具有这种情操的人全部生活都被浸渍着，但自己并不觉得。（如果自己觉得，那就不是真正的虔敬和清高了。）

发抒情绪的文章无论用明显的或者含蓄的方式，总之有句语可以指出；换一句说，一篇文章里哪些句语是作者在那里发抒情绪，读者一望而知。至于情操，既是不自觉的，在文章里当然只从无意之间流露出来；要确切地指出哪些句语是作者在那里表现情操，往往不可能。我们只能说某一篇文章表现某一种情操，因为情操成为一种基本调子，渗透在全篇文章里头了。譬如一个宗教信徒写一篇文章，他的每一句话自然而然说得非常虔敬，他采选一些特殊的字眼，他运用一些不是他人常说的句语，使读者看了，也感到一种虔敬的气氛：我们就说他这篇文章表现了虔敬的情操。

我们看沈复的《闲情记趣》❶，文中讲到观玩小动物，讲到花卉的栽培和插供，讲到布置居室，讲到随时的游乐，琐琐屑屑，事物很多，可是随处有一种闲适的情操从字里行间流露出来，所以这一篇的基本调子可以说就是闲适。这个话好像有点玄虚，仔细想去，却很着实。试想，把蚊虫比作飞鹤，把喷烟比作青云，让蚊虫"冲烟飞鸣，作青云白鹤观"；又就小盆景夫妻两个共同品题，"此处宜设水阁，此处宜立茅亭，此处宜凿六字曰'落花流水之间'，此可以居，此可以钓，此可以眺，胸中邱壑若将移居者然"。若不是生活态度极端闲适，哪里来这种入微入幻的想头？故而记叙这些事物的处所就是流露情操的处所。我们也可以说，因为作者有一种闲适的情操，才会有《闲情记趣》那样的一篇文章。

对于古昔的人物和事迹，我们往往有一种怀念的心情，这种心情和怀念一个相好的朋友并不相同；对于生死无常，我们往往有一种惆怅的心情，这种心情却说不上悲伤或是哀愁；当面对着高山或是大川的时候，我们总会起一种壮伟之感；当想到了时间的悠久和空间的广大的时候，我们总会起一种杳渺之思。这些都是情操而不是情绪。把这些作为基本调子，古往今来产生了不少的好文章。

---

❶ 见本书附录。

第三十二讲　记叙与描写

　　记叙文是作者就了现成的事物报告给读者知道，除了报告以外，不用再说什么。这在前面屡次说到了。但同样是报告，却有详略的不同，生动和呆板的差异。告诉人家说"我遇见了张三，他穿着一身新衣服"，这不能说不是报告，然而简略、呆板极了。在这样告诉人家已经足够了的时候，当然不必多费唇舌，再加说什么。可是有些时候，这样告诉人家还嫌不够；遇见张三的时候，彼此的神态怎样，张三穿着新衣服，他的仪表怎样，他的一身新衣服，色彩、制作等等又怎样，必须把这些都告诉大家，才觉得惬意。把这些告诉人家，自然比较详密得多；而且很生动，可使对手的听者或是读者想见种种的光景，好像当时就站在旁边一样。

　　详密的、生动的报告固然也是记叙，只因要与简略的、呆板的报告有一点分别起见，所以特称为描写。描写只是记叙的精深一步的工夫。描写的对象也是事物，离开了事物就无所谓描写，这是不待细说的。

　　我们不妨把图画作为比喻。通常的记叙文好像用器画。看了用器画，可以知道事物的轮廓和解剖，但并不能引起对于那事物的实感。描写文章好像自在画。自在画也注意到事物的轮廓和解剖，但不仅如此，还得加上烘托或者设色等的手法；而且，用笔的疏密也经过作者的斟酌，在有些部分只用简单的几笔，而在另外的一些部分又不惮繁复地渲染。看了自在画，不单知道轮廓和解剖而已，还能见到那事物的意趣和神采，这就因为引起了实感的缘故。

描写一语本来是从绘画上来的。写作的人把文字作为彩色，使用着绘画的手法，记叙他所选定的事物，使它逼真，使它传神。这就是写作上的描写。

描写的最粗浅的方式是使用形容词语和副词语。如"小汗粒"而加上"微细到分辨不清的油一般的"的形容词短语，就把小汗粒的形和性描写出来了；说"赤露的胳膊向下垂着"而加上"软软地"的副词，就把身体困倦的情状描写出来了。此外方式很多，且待以后再说。

现在要说的是即使是最粗浅的方式也靠作者的经验。作者如果不曾观察过小汗粒，不曾体会过汗和油的相似，不曾感觉过有骨有肉的胳膊有时竟会"软软地"，又哪里来这形容词短语和副词呢？没有经验写不来文章；仅有微少的经验只能作简略、呆板的记叙；必须有广博的经验才能作详密、生动的描写。

第三十三讲　印象

描写事物，目的在逼真与传神，所以最要紧的是捉住印象。什么叫作"印象"呢？这本是心理学上的一个名词，解释也不止一种。最普通的解释，就是从外界事物所受到的感觉形象，深印在我们脑里的。譬如我们第一次遇见一个人，感觉到他状貌、举止上的一些特点，这些特点就是他给我们的印象。又如我们去参加群众聚集的大会，感觉群众的激昂情绪好像海潮一般汹涌，火山一般喷发，那末"仿佛海潮和火山"就是群众大会给我们的印象。我们除非不与外界事物接触；只要接触，印象是不会没有的。不过单只是有还不够；我们如果要告诉人家，非用适当的语言、文字把印象表达出来不可。表达得没有错误，而且不多也不少，才能使人家听了语言、看了文字之后也会得到同样的印象，虽然他们并不曾直接经验那些事物。像这样，就是所谓捉住印象了。

我们看《画家》^❶这一首诗。其中一节有"车外整天的秋雨，靠窗望见许多圆笠"的话。照实际说，应该是望见许多戴着圆笠的农人。但这样说就不足以表现当时的印象了。当时印象最鲜明的是许多圆

---

❶ 见本书附录。

笠，就说"望见许多圆笠"，这才是捉住印象的办法。又如通常纪行之作，往往说前面的树木或者山峰"迎人而来"。照实际说，应该是自己向着树木或者山峰前去。但当时的印象并不觉得自己前去，只觉对象迎来，于是就说它"迎人而来"。这也是捉住印象的办法，从这里可以看出所谓捉住印象就是保留那印象的原样。

印象有简有繁，有含混有明晰。所以，有的时候只须一个名词、一个形容词、一个副词用得适当，就能把印象的原样保留；而有的时候却非用长段巨篇的文字不可。从前人的词句如"红杏枝头春意闹"，"云破月来花弄影"，只须一个"闹"字一个"弄"字，就把作者的印象表达出来，使这二句成为描写景物的佳句。但在长篇小说里，一个人物的描写往往须占几章的甚至全部的篇幅；这因为作者对于他所创造的人物印象极繁富，非从多方面表达，就不足以保留那印象的全体的缘故。

描写事物在能捉住印象。收得印象在于平日多所经验。从经验中收得印象，把印象化为文字，这是作者方面的事。从文字中收得印象，因而增加自己的经验，这是读者方面的事。

第三十四讲　景物描写

　　凡是我们所经验的事物，都可以供我们描写。其中尤其重要的是景物和人物：因为景物环绕着我们，常常影响到我们的情思和行动；人物是一切事物的发动者，没有人物也就不会有事情。现在我们说到描写，就把景物和人物两项特别讲述。

　　看到"景物"两字，往往联想到山明水秀、风景佳胜的所在；又好像这两字所指的纯属自然界方面，人为的一切环境都不在其内。但我们这里并不取这样的狭义。我们把环绕着我们的境界都称为景物，自然的山水固然是景物，人为的房屋和市街也莫非景物。这当然不专指美丽的、赏心的而言，就是丑恶的、恼人的也包括在内。

　　描写景物，第一要选定自己的观点。或者是始终固定的。就好比照相家站定在一个地位，向四周的景物拍许多照片；或者是逐渐移动的，就好比照相家步步前进，随时向周围的景物拍几张照片。观点不同，对于景物的方位、物像的形态、光线的明暗等等都有关系。我们如果对着实际的景物动笔，这一些项目只要抬起头来看就可以知道，自然不成问题。但在凭着以往的经验写作的时候，如游历归来以后写作游记，这些项目就不能一看而知；倘若不在记忆中选定自己的观点，往往会弄到方位不明，形态失真，明暗无准；那就离开描写两字很远了。

第二要捉住自己的印象。说得明白一点，就是眼睛怎样看见就怎样写，耳朵怎样听见就怎样写，内心怎样感念就怎样写。"月光如流水一般，静静地泻在一片叶子和花上"，把视觉的印象捉住了；"轻轻地推门进去，什么声息也没有"，把听觉的印象捉住了；"这一片天地好像是我的；我也像超出了平常的自己，到了另一个世界里"，把意识界的印象捉住了。因为捉得住印象，能够把自己和景物接触时候的光景表达出来，所以这几句都是很好的描写。反过来想，就可以知道凡不注意自己和景物接触时候的光景，捉不住什么印象，而只把一些概念写入文章中去，那决不是好的描写。如庸俗的新闻记者记述任何会场的情景，总说"到者数百人，某某某某登台演说，发挥颇为详尽"；又如不肯多用一点心思的学生，你叫他描写春景，他提起笔来总是"山明水秀，柳绿桃红"。"到者数百人……"只是新闻记者平时对于会场的概念，"山明水秀……"只是学生平时对于春景的概念，其中并没有当时的印象，所以不能把会场的空气和春景的神态描写出来。

还有一层应该知道，就是描写虽然可以用形容词和副词，但不能专靠着形容词和副词。像"美丽""高大"等形容词，"非常""异样"等副词，如果取供描写之用，效果是很有限的；因为这些词并不具体，你就是用上一串的"美丽"或"非常"，人家也无从得到实感。有时候不用一个形容词或副词来描写，只说一句极简单的话，但因为说得具体，却使人家恍如亲历。如不说"寂静"而说"什么声息也没有"，就是一个例子。——描写须要具体，不独对于景物，对于其他也如此。

第三十五讲　人物描写

人物描写可以分外面、内面两部分来说。外面指见于外的一切而言，内面指不可见的心理状态而言。

外面描写包含着状貌、服装、表情、动作、言语、行为、事业等等的描写。我们在写一篇描写人物的文章的时候，对于这许多项目决不能漫无选择，把所有见到的都写了进去。我们总得拣印象最深的来写。状貌方面的某几点是其人的特点；服装方面的某几点足以表示其人的风度；在某一种情境中，哪一些表情和动作、哪几句言语正显出其人的品格；在一段或者全部生活中，哪一些行为和事业足以代表其人的生平。捉住了这些写出来，就不是和甲和乙都差不多的一个人，而是活泼生动的某一个人了。

这些项目不一定要全写，没有什么可写当然不写，有可写而不很关重要，也就可写可不写。有一些文章单把某人的几句言语记下，或者单把某人的一些表情和动作捉住，也能够描写出一个活泼生动的人来。如果写到的有许多项目，那末错综地写大概比分开来写来得好。如写表情、动作兼写状貌、服装，写行为、事业兼写言语，读者就不觉得是作者在那里描写，只觉得自己正与文中的主人公对面。如果分开来写，说其人的状貌怎样，服装怎样……读者的这种浑成之感就无从引起，自然会清楚地觉得是作者在那里告诉他一些什么了。

内面描写就是所谓心理描写。心理和表现于外的一切实在是分不开来的：表现于外的一切都根源于内面的心理。他人内面的心理无从知道，我们只能知道自己内面的心理。但我们可以从自身省察，知道内面和外面的关系。根据了这一点，我们看了他人的外面，也就可以推知他的内面。那些用第三人称的文章，描写甲的心理怎样，乙的心理怎样，甲和乙真个把自己的心理告诉过作者吗？并没有的，也不过作者从自身省察，因而推知甲和乙的内面罢了。

人物的心理描写既以作者的自身省察为根据，所以省察工夫欠缺的人难得有很好的心理描写。省察的时候能像生物学者解剖生物一般，把某一种心理过程分析清楚，知道它的因果和关键，然后具体地写出来（描写总须要具体，前面已经说过了），那一定是水平线以上的心理描写。

心理描写有时候就借用外面描写；换一句说，就是单就文字看，固然是外面描写，但仔细吟味起来，那些外面描写即所以描写其人的心理。如《背影》里的"扑扑衣上的泥土，心里很轻松似的。过一会说，'我走了，到那边来信！'……他走了几步，回过头看见我，说，'进去吧，里边没人'"，就是一个例子。这几句都是外面描写，可是把一位父亲舍不得和儿子分别的心理完全描写出来了。

第三十六讲　背景

在抒情的、描写人物或事件的文章里，往往把周围的境界，如室内情形、市街情形、郊野情形、自然现象、时令特色等等，或简或繁地描写进去。这些项目统称为背景。这名称是从戏剧方面来的。舞台的后方张着画幅，或是山水，或是门窗，总之和剧情相称；演员在画幅前面演戏，就像背着山水或门窗一样。这就是背景。文章里描写周围的境界，犹如舞台上布置一幅相称的背景；靠着这背景，文章里的主人公（好比演员）的一言一动一颦一笑更见得生动有致。舞台上不能用和剧情不相称的背景，文章里不需要和主人公无关的境界的描写，那都是当然的。

那末，怎样才相称才有关呢？回答很简单：凡是具有衬托的作用的就相称就有关，否则就不相称就无关。画家有"烘云托月"的说法。月亮很不容易画，用线条画一个圆圈或是一个半圆，未必能显出月亮的神采来；所以给烘上一些云，在云中间留出一个圆形或是半圆形，比较单用线条钩成的月亮有意味得多了。这一些云对于月亮就具有衬托的作用。

描写背景的例子可以举元人马致远的一首《秋思》（《天净沙》）小令："枯藤老树昏鸦，小桥流水人家，古道西风瘦马，夕阳西下，断肠人在天涯。"这里头句句都是背景，只末了一句才说到那个主人公"断肠人"。主人公怎样呢？他并没有什么施为，作者只用"在天涯"三个字来说述他的情况。可是这许多背景的衬托的作用丰富极了。你想，枯藤老树，昏鸦飞鸣，小桥流水，人家三两，一条荒凉的古道，几阵寒冷的西风，瘦马前行，差不多全没气力，而太阳也疲倦了似地快要落下去了。一个出门人心绪本来就不很好，又在这样的境界之中，其愁烦达到何等程度，自可不言而喻。这和不画月亮而画云，却把月亮衬托了出来，情形恰正相同；可以说是专用背景来衬托的一个极端的例子。

上面的例子是背景和被衬托的事物相一致的。在有些文章里，背景和被衬托的事物恰正相反，如满腔烦闷的人独处在欢声笑语里头，饥寒交迫的人倒卧在高楼华厦旁边，这叫作反衬。反衬显示出一种对比，用得适当，效果也是很大的。

第三十七讲　记叙文与小说

　　一篇小说里至少叙述一件事情；长篇小说往往叙述到许多件事情，这许多件事情好像经和纬，交织起来，成为一匹花纹匀美的织物。小说里又必然有记叙的部分：对于一个人的状貌或神态，一处地方的位置或光景，以及一花一草，一器一物，在需要的时候，都得或简或繁地记述进去。这样说起来，小说不就是记叙文吗？

　　不错，小说就是记叙文。凡是关于记叙文的各种法则，在小说方面都适用，但是小说究竟和记叙文有分别。

　　作记叙文，必然先有可记叙的事物；换一句话说，就是事物的存在或发生在先而后作者提起笔来，给它作忠实的记录。看见了一只小小的核舟，觉得雕刻的技术精妙极了，才写一篇《核舟记》；经历了"五四"学生运动，觉得这事件大有历史价值，才写一篇《五四事件》。作小说却不然。引动小说家的写作欲望的并不是早已存在、业经发生的某事物，而是他从许多事物中看出来的、和一般人生有重大关系的一点意义。他不愿意把这一点意义写成一篇论文；他要把它含蓄在记叙文的形式里头，让读者自己去辨知它。这当儿，现成的事物往往不很适用，不是所能含蓄的太少，就是无谓的部分太多了，于是小说家不免创造一些事物出来，使它充分地含蓄着他所看出来的一点意义。而且绝对没有多余的无谓的部分。这样写下来的当然也是记叙文；可是，在本质上，以作者所看出来的一点意义为主，在手法上，又并非对某事物据实记录，所以特别给它一个名称，叫作小说。

据实记录的记叙文以记叙为目的，只要把现成事物告诉人家，没有错误，没有遗漏，就完事了。出于创造的小说却以表出作者所看出来的一点意义为目的，而记叙只是它的手段。这是记叙文和小说的分别。

报纸、杂志所刊登的记载，历史、地理等书所容纳的文字，以及个人的一封写给别人报告近况的书信，一篇写述细物、琐事的偶记，这些都认定现成事物做对象，所以都是记叙文。试看那篇《最后一课》，中间有一个想要逃学的学生，有一个教授语文的教师，又有其他许多人，所叙的是上语文课的一回事，这固然不能说没有固定的事物做对象。但这些事物都是凭作者的意象创造出来的，他创造出这些来，为的是要表达他对于战败割地的感念。一切事物都集中于这一点，绝不加添一些无用的事物。就为这样，所以《最后一课》是一篇小说。

第三十八讲　小说的真实性

　　小说的故事和人物都由作者创造出来，当然并不实有其事、实有其人，但小说自有它的真实性。如果用一个比喻来说，就很可以明白。一个画家创作一幅"母与子"的图画，图中的母亲不定是姓张姓李的妇人，那孩子也不定是某人家的阿大或是阿二；但两个人体的形态都合乎法则，而目的结构，躯干的姿势，乃至一个指头、一缕头发那么微细的地方都很准确：这就是一种真实。再从全幅说，那母亲抚爱孩子的神情，那孩子依恋母亲的神情，都觉得普遍于人间，几乎给一切母子写照：这又是一种真实。小说就同这样的一幅图画相仿。小说写人物的状貌言动，也得妙肖逼真，使读者如见其人，如闻其声，仿佛和活动的人物对面一样。小说中用来表示作者所见到的一点意义的故事，又得入情入理，从世事的因果关系上看，从人生的心理基础上看，都可以有这样的故事，而且那故事确可以作这样的发展；如果真有其人其事，大致也相差不远。所以小说只不过不是对于某人某事的记录而已；从它对于人生的社会的表现和描摹看来，那是真实的，而且比较对于某人某事的记录还要真实，因为它的材料不限于某人某事，可以容纳更多的真情真理的缘故。

　　一篇小说用历史上的人物作主人公或者用历史上的故事作题材，

是常常看到的。这当然不能够照抄历史。历史既已有在那里，何必多此一举，再去照抄一遍呢？必须作者对于其人其事自有所见地，创造出一个故事来又能不违背情理，使读者觉得其人其事虽并不曾如此而未尝不可以如此，这篇小说才有提起笔来写的价值，这时候，作者已经把握到小说的真实性了。其他种类的小说都是这样。即使是"鸟言兽语"的童话（童话是儿童的小说），在有一些人看来最是荒诞不经的了，但只要应合动物的生活和性情，也就是具有真实性的东西。

　　一般人遇见了一件新奇可喜的事情，往往说："这倒是可以用来作小说的。"从这一句话，就知道他们不明白小说的产生的过程，也不明白小说和记叙文的分别。还有，读过了一篇小说，往往问："这里所说的故事是真实的吗？"从这一句话，就知道他们不明白小说自有它的真实性，所以只想探知这个故事是否真的发生过。

　　我们应该记着：小说是由作者创造出来的，决非依据事实写述的记叙文；可是小说是真实的，这真实系指对于人生和社会的表现和描摹而言。

第三十九讲　韵文和散文

普通文章的写作都依据着语言的自然腔调。现在我们写语体文，纸面的文字几乎同口头的语言完全一致，固然不用说了。即使我们写文言，大体也还是依据着语言的自然腔调，不过词汇的选用和造句的小节目不同而已。这样写下来的文章统称为散文。和散文相对的称为韵文。

孩子爱唱的儿歌，各地民间流行的歌谣，就是口头的韵文。

韵文大都每句句末叶韵或间句叶韵，每句字数又有限制，吟诵起来容易上口，听受起来也容易记熟。一篇散文，读过几遍未必背诵得出，但是一首诗歌，念了几遍就挂在口头了。这是通常的经验。所以韵文的传布力、感染力比较散文来得大。各民族的初期，往往文字还不曾制定，口头的诗歌却已经发生了。就因为诗歌有着上面所说的实际效用的缘故。

什么叫作叶韵呢？这先得明白什么叫作同韵字。现在小学校里出来的人都学过拼音，知道每一个字音由"声母"和"韵母"拼合而成，那只要一句话就明白了：凡是韵母相同的就叫作同韵字。例如楼（lóu）、州（zhōu）、流（liú）的韵母是"ou"和韵母"iu"，这三个就是同韵字；山（shān）、闲（xián）、间（jiàn）的韵母是

"an"和韵母"ian"，这三个也是同韵字。把同韵字放在相当各句的末了，这就叫作叶韵。

现在来看看以前读过的韵文。

像《梧桐》❶里的一首诗叫作古体诗，形式上除叶韵和每句字数均齐以外，不再有什么限制。这是五个字一句的（并不一定是文法上所谓"完成一个意义"的句），叫作五言古体诗。古体诗不尽是五言，又有三言、四言、七言、九言的，也有一首里头错杂着字数不同的句子的（但仍不出上面所举字数的范围）。

像第二册选的李白的四首诗叫作七言绝句❷，那就多一种限制了：必须顾到每个字的平仄。现在用○标记平声字，●标记仄声字（包括上声字、去声字、入声字），把《望天门山》这一首写在下面：

天门中断楚江开，　　　　碧水东流直北回。
○○○●●○○　　　　●●○○●●○

两岸青山相对出，　　　　孤帆一片日边来。
●●○○○●●　　　　○○●●●○○

此外还有个格式是：

●●○○○●●（韵）　　○○●●●○○（韵）

○○●●●○○　　　　●●○○●●○（韵）

---

❶ 见本书附录。
❷ 这四首七言绝句是《黄鹤楼送孟浩然之广陵》《山中答俗人》《早发白帝城》《望天门山》。

作七言绝句就得依照这两个格式。不过每句的第一、第三、第五个字有时是可以通融的，平声字、仄声字都不妨用；又，第一句的末一个字也可以不叶韵而用仄声字。至于"故人西辞黄鹤楼"是"●○○○○●○"，"问余何意栖碧山"是"●○○●○●○"，那就是拗句了。绝句也有五言的，四句二十个字，同样得顾到平仄。绝句和限定八句、也得顾到平仄的五律、七律统称为近体诗。这个名称起于唐朝，因为"绝""律"两体是当时的新体。前面说起的古体诗，就是对于近体诗而言的。

像第二册选的李煜的四首词❶也是韵文。词也起于唐朝，原来是有曲谱可以歌唱的歌曲。譬如《虞美人》就是当初有人写了歌辞、填了曲谱预备歌唱的新歌。第二个人另写歌辞，曲谱却还用着旧的，也就叫作《虞美人》。所以"虞美人"、"浪淘沙"、"清平乐"、"相见欢"都不是题目而是曲谱的名称。如第二册选的《赤壁怀古》，"赤壁怀古"是题目，它的曲谱是《念奴娇》。到后来曲谱渐渐失传了，词没有人会唱了，就只能依据着旧词的字数、平仄以及叶韵处所写词。因为词本是可以歌唱的东西。讲究的人写起词来不但顾到平仄，还要顾到四声（平、上、去、入）。对于每句的每一个字，从前人用什么声的字也就用什么声的字，所以词的限制比较近体诗更严。

像第一册选的《三弦》和《一个小农家的暮》❷是起来得不到

---

❶ 见本书附录。
❷ 见本书附录。

二十年的体裁，叫作新体诗，也叶着韵，所以也是韵文。字数极随便，语句大体合乎语言的自然腔调，这是和以前诗、词不同的地方。但新体诗也不完全如此。又如第二册选的《画家》并不叶韵，虽也是诗歌，却不是韵文了。

诗歌以外，也有用韵的文章，散文里包含一部分韵文的也不少。

第四十讲　诗的本质

从前的古体诗和近体诗都是韵文，与音乐有着关系，而广义说起来也就是诗的词也是韵文。除叶韵而外，又有字数、平仄等限制。这样看来，似乎凡有这些限制的统是诗了。其实并不然。试看"四角号码"的《笔画歌》：

一横二垂三点捺，点下带横变零头，

叉四插五方块六，七角八八小是九。

字数均齐，第二、第四句叶韵；但一望而知它算不得诗，只是一种传习用的歌诀而已。再试看第二册选的《画家》，既不叶韵，字数又极随便，可以说完全没有限制；但一般人承认它是诗。所以，诗的成立不专在叶韵、字数、平仄等形式方面，还靠着它的本质。

我们常常听见人家在看了一篇散文之后说："这篇文章很有点诗意。"有时，一个人说了几句话，大家说："这几句话含有诗趣。"批评绘画的人往往说："画中有诗。"这所谓"诗意""诗趣"以及画中所表出的"诗境"都指诗的本质而言。可见诗的本质不但凝结而成诗，也可以含蓄在别的东西里头，正像糖和盐不但凝结而成粒粒的结晶体，也可以融化在液体里头一样。

现在试举几个例子，来说明诗的本质。

>　　诸儿见家人泣，则随之泣，然犹以为母寝也，伤哉！
>
>　　　　　　　　　　　　——归有光《先妣事略》

这个话活画出无知的孩子死了母亲的惨痛情状，孩子只是跟随大家哭泣罢了，并不知道就在这一刻遇到了最大的不幸，睡在那里的母亲是永远不醒的了，他们自己将永远是无母之儿了。这里头含蓄着很深的悲哀情绪，耐得人一回又一回地去想。如果让这个话独立起来把它放在诗的形式里，就是一首很好的诗，因为这个话含有诗的本质的缘故。又如：

>　　我心中怪难过，暗想先生在此住了四十年了，他的园子就在学堂门外，这些台子凳子都是四十年的旧物，他手里种的胡桃树也长大了，窗子上的朱藤也爬上屋顶了。如今他这一把年纪明天就要离此地了！我仿佛听见楼上有人走动，想是先生的老妹子在那边收拾箱笼。我心中真替他难受。
>
>　　　　　　　　　　——〔法〕都德《最后一课》（胡适译）

这几句话也含有诗的本质。先生的园子、台子、凳子、胡桃树和朱藤都将留下，而先生自己却不得不离开了几十年来熟习的环境，于明天离开这里；楼上先生的老妹子匆忙收拾箱笼，她一壁检点衣物，一壁看顾室内，大概会簌簌地掉下眼泪来吧。这里头含蓄着很深的悒郁情绪，使人家这样想了更可以那样想。又如：

>　　于土墙凹凸处，花台小草丛杂处，常蹲其身，使与台齐；定神细视，以丛草为林，以虫蚁为兽，以土砾凸者为邱，凹者为壑，神游其中，怡然自得。

——沈复《闲情记趣》

这传出一种闲适的情操，同时使人觉得大有诗趣。又如：

　　这上面的夜的天空，奇怪而高，我生平没有见过这样的奇怪而高的天空，他仿佛要离开人间而去，使人们仰面不再看见。

——鲁迅《秋夜》

这表出一种鸢远的想象，同时使人感到所谓诗意。

从前面所举的几个例子看来，可以知道含有情绪、情操、想象的语言、文字就含有诗的本质。那末，什么是诗的本质也就可以推想而知了。现在再举一个反面的例子：

　　苏打水是用焙用碱做的，把一种酸液加到碱上，使它发放所需的气体。后来用酸性碳酸钙代焙用碱，因为这东西价贱，而结果是一样的。

——《科学丛谈·苏打水》

这里头没有情绪、情操，也没有想象，当然谈不到什么诗趣、诗意；所以不能算是诗。

必须是一个含有诗的本质的意思，用精粹的语言表达出来，那才是"诗"。

第四十一讲 暗示

我们说话、作文，常常有不把意思说尽、不把意思完全说明白的情形。在说着、写着的当儿，固然只求应合当前的情境，适可而止，并非故意要少说一些，可是仔细研究起来，不说尽和不完全说明白自有它的作用。这二者都给对方留着自己去玩味、自己去发现的余地，不致有损他的自负心。而他所玩味出来、发现出来的又和原意差不了什么，那就不说尽等于说尽，不说明白等于说明白了。这种作用叫作暗示。从另一方面说，暗示还有一种好处：可以使语言、文章蕴蓄丰富，含有余味。寻常吃东西，咽了下去就没有什么了，那一定不是美味；可口的东西在咽了下去之后，还有余味留在舌上，足供好一会的辨尝。具有暗示的文章也是这样。写在纸面的是若干字，而意义却超出于这若干字，这就不能随便把它丢开，看过以后，还得凝神去想那文字以外的意义；想又不一定一回而止，也许多想几回，每回可以领略到新鲜的意义，因而教人永远舍不得丢开它。没有暗示的文章是决不会有这种魔力的。

诗、词里头常常有利用暗示的地方。如《一个小农家的暮》里说：

他含着个十年的烟斗，

慢慢的从田里回来，

> 屋角里挂上了锄头,
> 便坐在稻床上,
> 调弄着只亲人的狗。
> 他还踱到栏里去,
> 看一看他的牛;
> 回头向她说,
> "怎样了——
> 我们新酿的酒?"

这里没有"快乐""安逸""满足""幸福"那些字眼,但是我们读了之后,可以想到那个农人的生活怎样快乐和安适。又如李煜的《虞美人》里说:

> 问君能有几多愁?恰似一江春水向东流。

这句答语不说有哪一种的愁,也不说有多少分量的愁,却用一个譬喻来了事,好像有点答非所问。然而愁好比一江春水,分量的多还用说吗?江水东流,滔滔滚滚,遇着大风和石岸,就激起汹涌的波浪,而愁正同它相像,其起伏重叠,没有一刻的停息,不是很可以想见了吗?所以这似乎答非所问的"恰似一江春水向东流",实在是富有暗示作用的佳句。

不只诗、词,文章里头也可以找出许多利用暗示的例子。如《项脊轩志》里说:

> 先是,庭中通南北为一。迨诸父异爨,内外多置小门墙,往往而是。

> 东犬西吠；客逾庖而宴；鸡栖于厅。庭中始为篱，已为墙，凡再变矣。

这里没有"衰落""离乱""不成体统"那些词、语，然而读了"东犬西吠"以下几句，一个衰落的大家庭怎样过着不和洽无秩序的生活，已经可以想见。这是暗示的效果。又如《书叶机》里说：

> 朱溃舰中或争轧诅神，必曰"遇岱山旗"。

有了这一句，不必详说海盗怎样惧怕叶机，而读者自然可以意会。这也是暗示的效果。文章又有全篇利用暗示的，不说本意，而用一个借喻来传出；这情形在寓言或讽刺文里最为常见。

暗示以能使读者体会得出为条件。如果读者无论如何体会不出，那就是缺漏和晦涩，而不是暗示了。

第四十二讲　报告书

现代生活非常繁复，个人和社会的关系的密切比较古代加增到不知多少倍，每个人必需知道和他相关的许多事物，然后可以应付当前的生活。为着适应这一种需要，应用文里头的报告书就占着很重要的地位。

报告书的目的在把某一种事物的一切报告给人家。那事物必然是已经存在的、已经发生的，所以报告书也就是记述文和叙述文。所与普通的记述文和叙述文不同的，只在写作之前对于某事物特加观察或调查这一点上。报告书是由于实际的需要，特地去观察或调查了某事物而后写作的。普通的记述文和叙述文却并不然——这就是说，作普通的记述文和叙述文不一定由于实际的需要，也未必特地去观察或调查。

在观察或调查一种事物的时候，往往先定下若干项目，作为注意的标准。例如观察一种工业，先定下制造原料、制造情形、成品质量、销路大概等等项目，观察起来就有条有理，不致杂乱或遗漏。又如调查某地的灾情，先定下成灾原因、灾情大概、灾民现状、救灾设施等等项目，调查的结果自能详知本末，没有什么缺憾。而在动手作报告书的时候，就可以把这些项目作为依据，逐一加以记叙。为使读者醒目起见，更不妨标明项目，让每一项目成为一个小题目。

至于报告书的好不好，全在所定项目妥当与否以及观察、调查精到与否。这关系于平时各方面的修养与训练，不只是写作方面的事了。

报告书里头也可以参加作者的意见，正如普通的记述文和叙述文里头可以参加作者的意见一样。观察、调查以后的感想或主张，在报告的时候连带提出比较单独提出容易使读者接受。普通文的法则在报告书里头也得顾到；作者应该记着应用文不一定就是枯燥、呆板的文字，写得生动而富有趣味一点。应用的效果当然更大。

我们每天看报纸，报纸上大部分是报告书。我们如果从事一种事业，就有写作报告书的需要，如在工商业机关办事需要写营业概况报告书，担任公务机关的视察员、调查员需要写视察报告书、调查报告书。报告书的阅读和写作已和现代生活分离不开，所以应当加以详切的注意。

第四十三讲　说明书

和报告书同样重要的应用文是说明书。

说明书的目的在把关于某一种事物的方法、原理等告诉给人家。其所以要告诉的缘故，也由于实际的需要，譬如，编了一部书，要使读者知道这部书是用怎样的方法编起来的，就得作一篇"凡例"；制了一种药品，要使医生或病家知道这种药品是根据什么原理来治病的，就得写一张"仿单"：凡例和仿单都是说明书。凡例的读者限于阅读这部书的人，仿单的读者限于医生或病家，不像普通文那样以一般的读者为对手。凡是必须使对手知道的，说明书中绝不能遗漏一点儿。不然的话，或则引起误会，或则招来纠纷，和写作的目的显然违背了。

说明书的材料不用向外界去寻求，需要写作说明书的人，他胸中必然先有了这么些材料；如果没有这么些材料，也就没有写作的需要了。动手写凡例的人早已知道他的书怎样编法，动手写仿单的人早已知道他的药品什么作用，不是吗？所以，写作说明书只是把胸中已有的材料化为文字的一番工夫而已。

写作说明书，以分列项目、逐项说明为正轨。项目明白地列着，读者自然一望而知。规定项目须依据实际的需要；事物不同，应定的项目也就各异，不能一概而论。不过有一点可以说的：所定各项目须有同等的身份；换一句说，就是每一项目须有独立的资格。譬如，丁项目是可以包含在甲项目里的，就没有独立的资格，只须并入甲项目好了。至于同样的材料在两个项目之下重见，或者甲项目的材料搀杂在乙项目里，这些都是毛病，应当竭力避免。

说明书和报告书同是应用文；若就文体说，二者可不相同。前一讲文话中已经说过，报告书也就是记述文和叙述文，但说明书却是说明文。

以后我们将讲到关于说明文的种种。

第四十四讲　说明和记述

以前我们说过，记叙文是作者自己不表示意见的文章❶（这当然指纯粹的记叙文而言）。

现在讲到的说明文就不同了。说明文所表示的是作者的理解；换个说法，就是作者所懂得的一些道理、原因、方法、关系等。理解是存在于内面的东西，属于意见的范围。作记叙文，单凭存在于外界的事物就成；作者所耳闻的，目睹的，身历的，都是写作的材料，这些材料都不是从内面拿出来的。作说明文，却全凭存在于内面的理解；没有理解，固然动不来笔，有了理解而还欠充分、真切，也就写不成完美合式的文章。有怎样的理解，才能写怎样的说明文。因此，我们可以说，说明文是作者表示他的理解的文章。

如果着眼在取材从内面还是从外界这一点，说明文和记叙文就非常容易辨别。

现在先说说明文和记述文的分别。有两篇文章在这里，讲到的是同类的事物，粗略地想来，似乎该是同样的文体。但是仔细辨别之后，就觉得这两篇文章在取材上并不一样：一篇讲到的是某一件事

---

❶ 参见本书第十讲。

物，看得见，指得出，即使出于虚构，也像真有这件事物似的；另一篇却不然，讲到的既不是这一件，也不是那一件，并且不只是这类事物的形状和光景，而在形状和光景以外更讲到一些什么（这正是这篇文章的主脑），这是看不见，指不出，仅仅能够意会的。因为取材不一样，写作的手法也就各异：一篇的写法好像作写生画，无论被写的某一件事物摆在作者面前或者存在作者的记忆里，总之是按着形象描画，形象怎样，描画下来也怎样，不过用文字代替了线条和烘托罢了；另一篇却决不能用作画的事情来比拟，只能说好像作一场讲演，讲演的内容是作者对于某一类事物的理解。根据以上所说的不同点，我们就可以把这两篇文章辨别，前一篇是记述文而后一篇是说明文。

说明文的目的和记述文不同是显然的。记述文在使读者知道作者曾经接触过的某一件事物，而说明文却在使读者理解作者对于某一类事物的理解。说明文为帮助读者的理解起见，自然须举出一些具体的事物来作为例证；但最紧要的还在说明作者所理解的部分。这部分务必明白、准确，才能使读者完全理解，没有含糊、误会的弊病。因此，在动手写作说明文的时候，作者胸中不能存一些连自己也缠不大清楚的意念；落到纸面不能有一句不合论理的、足以发生疑义的文句。这是一个消极条件。如果不顾这个消极条件，写下来的说明文就达不到它的目的。

第四十五讲　说明和叙述

看了前一讲文话，说明文和叙述文的分别也就不难明白。

叙述文所讲到的是事物的变迁，或者说经过情形。事物的变迁和经过情形也许近在当时，也许远在古代，也许是作者所身历，也许从传闻得来，总之占着或短或长的一段时间，有着或简或繁的一番进展。如果这变迁没有发生，作者当然无从写作；这变迁既已发生了，作者要把它告诉别人，这才提起笔来。所以，叙述文和记述文同样，是取材于外界的。即使像小说和寓言，其中事实往往出于虚构，并不曾在这世界上真实发生过；但作者写来像记载真事实一样，自己又不表示什么意见，分明是取材于外界的格式。故而小说和寓言也还是叙述文。

另外有一种文章也讲到事物的变迁和经过情形，但并不就此为止，文章的主脑也不在此而在别的部分。譬如，讲到某一回战争，更推求它的所以发生的原因，此胜彼败的理由，以及给与各方的影响，那推求的部分并且占着文章主脑的地位。这就是表示作者对于这回战争的理解；不仅记载了发生于外界的事实，而且写出了存在于内面的东西。不用说得，这样的文章是说明文。

在这里我们还得把小说、寓言等东西说一说。小说、寓言等东西往往是作者对于人生、社会有了一种意见才虚构出来的，为什么不说它们是说明文呢？回答是这样：小说、寓言等东西固然表示作者的意见，但表示的方式和说明文绝不相同。那是借着事实的本身表示；使读者知道了事实之后，自己悟出其中所含的意见来。作者决不在叙述事实的当儿突然露脸，说着"这是怎样的""这事情的关系怎样"一类口气的话儿。因此，从形式上看，只见作者在那里报告，自己并没有表示什么意见，那当然不是说明文了。

　　再就前面所举的例子来说。要说明某一回战争所以发生的原因、此胜彼败的理由，以及给与各方的影响，往往须叙述这回战争的大概情形以及连带发生的有关事件。这样，才能使读者按照事实来理解作者所理解的。除非这回战争的经过情形已是"谁人不知，哪个不晓"的了，那才不必再行叙述，径自说明作者的理解就得了。但这样的例子是很少有的。所以，这一类的说明文常常包含着叙述的成份。

第四十六讲　说明和议论

除开说明文，作者表示意见的文章还有议论文。说明文和议论文又有什么分别呢？

依以前所说的，说明文表示作者的理解。所谓理解，乃是说天地间本来有这么些道理，给作者悟了出来，明白地懂得了。议论文却表示作者的主张。所谓主张，乃是说某一些事情必须这样干才行，某一些道理必须这样理解才不错，如果那样干、那样理解就不对了。不经过理解的阶段，一个人很难作什么主张。所以，议论文实在是从说明文发展而成的。

因为一是表示理解，一是表示主张，在表示的态度上，二者就不一样了。仅仅表示理解，态度常常是平静的。对甲说是这样，对乙说也是这样，说了就完事，甲或者乙听不听、相信不相信，那是不问的。即使他们不听、不相信，也无碍于作者的理解。进一步表示主张可不然了，态度常常是激动的。非把读者说服不可，非使读者相信不可；预料读者将有怎样的怀疑和反驳，逐一把它消释掉，好比军事家设伏一般，惟恐疏忽了一着，不能取得最后的胜利。为什么要这样呢？因为不能使读者相信等于白有了这个主张；作者要贯彻主张，就不能不用志在必胜的态度去对付读者。

说明文的题目的完整形式是："××是什么？""××是怎样的？"改从省略，把其他删去，只留"××"部分，才成为"图画"、"读书"那样的题目。议论文的题目的完整形式是"××应当如此"。"××是不对的"。改从省略，把其他删去，只留"××"部分，才成为"爱国""战争"那样的题目。如果所有题目都写完整形式，那末单看题目就可以把说明文和议论文分辨出来了。可是实际上往往有取简略形式的，此外还有种种变化，这就混淆不清了；如"图画""读书""爱国""战争"四个题目摆在一起，若不把四篇文章通体读过，谁也不能判定哪一篇是说明文，哪一篇是议论文。在读罢文章下判定的当儿，只要注意两点就不会有错儿：（一）这篇文章表示什么？（二）这篇文章态度怎样？

　　前面说过，议论文是从说明文发展而成的。议论文表示一种主张，非先把议论到的事物说明一下不可。如主张战争应当反对，就得先把战争给与人类的灾祸详细说明，才见得"应当反对"的主张确可信从。因此，说明文几乎是议论文中必具的成份。

第四十七讲　说明的方法

最简单的说明文同以前所提及的说明文题目的完整形式相当。譬如说，"人是有理性的动物"相当于"××是什么"。"人是两手工作、两脚跑路的"相当于"××是怎样的"。"有理性的动物"只有"人"，"两手工作、两脚跑路的"只有"人"。用"人"的特点来说明"人"的概念，读者自然明白理解，不生误会。于是说明文的任务就完毕了。

但多数的说明文却要复杂得多。虽说复杂，也无非是许多简单说明文的集合和引伸而已。复杂的说明文，必须具备的条件共有六项：

一、所属的种类　要使所说明的事物和关系较远的事物分离开来，必须说明它所属的种类；譬如要使"人"和植物、矿物分离开来，就说他是"动物"。

二、所具有的特点　要使所说明的事物和关系较近的同种类的事物分离开来，必须说明它所具的特点；譬如要使"人"和一切别的动物分离开来，就说他的特点——"有理性的"或是"两手工作、两脚跑路的"。

三、所含的种类　要使读者更易理解，而且理解的内容更见充实，那就必须把事物所包含的种类一一说明。分类原有一定的标准，所以在说明种类的当儿，又须把所用的标准同时点出。譬如就"书籍"说明它所含的种类，可作下面的说法："书籍在版本上，有木刻的，铅印的。在装订上，有线装的，洋装的。在文字上，有汉文的，洋文的。在内容上，有关于文学的，关于科学的，关于哲学的，等等。"

四、显明的实例　如果加上显明的实例，那就更见得明了。譬如对于"书籍"，可以说："爸爸那部《吴诗集览》是木刻的，线装的，汉文的，关于文学的；我的这本《科学概论》是铅印的，洋装的，洋文的，关于科学的。"

五、对称和疑似　单就事物的本身说明，有时还不容易明了，如果把对称的或者疑似的事物作为对照，那就更可使该事物明白显出。所谓对称的，就是大门类相同而小门类不相同的事物。所谓疑似的，就是好像同门类而实则并不相同的事物。学术上的名词大概有对称的。通常的事物多半有疑似的。把对称的作为对照的例子，如说："植物是生物中不属于动物的那一些。"把疑似的作为对照的例子，如说："纸上习字是用笔写的，但目的并不在代替谈话，所以不是书信。"

六、语义的限定　语义因使用纷繁，往往发生分歧，对于同样一个词儿，两个人的理解未必全同。作说明文的时候，如果遇到容易引起误会的词儿，就得特别限定它的语义。譬如对于"共和"，可以说："共和是国家主权属于全体人民，行政首长也由人民选出来的一种国体，不是'周召共和'的共和。"

以上六项中的某一项或某几项确为读者所熟悉的时候，当然也不妨省略。

第四十八讲　类型的事物

说明文所说明的对象有许多种。我们要把重要的几种分别述说。现在先说其中之一——类型的事物。

有人说的，一棵树上找不到两张完全相同的叶子，一只鸟身上找不到两片完全相同的羽毛。世间事物除了本身以外，决不会有另外一件事物和它完全相同。话是不错。但不同之处未必尽关紧要，有一些往往是小节目，抛开这些小节目不管，就见得许多事物相同了。试就叶子来说。一棵树上的两张叶子，大小不尽相同，边缘的轮廓不尽相同，叶脉的纹理不尽相同；可是除开这样，构造是相同的。再说甲种植物的叶子和乙种植物的叶子，形状也许不相同，构造也许不相同；可是除开这些，生理作用是相同的。我们上生物学的功课，有时遇见"植物的叶子"这样的题目，这里所说的叶子是哪一种植物的叶子呢？也不是桃树的，也不是玉蜀黍的，什么都不是，而是从所有植物的叶子中间抽出它们的共同点，然后用这些共同点组织起来的一张抽象的叶子。它不是某种植物身上的某一张，可是和每一种植物的叶子比照起来，都有共同之点。它是同类（所有叶子）中间的一个模型。这就叫作类型的事物。

我们认识事物，大部分只需知道它的类型就够了；逐个逐件地认识，事实上不可能，而且也不必须。除非那事物特别和我们有关系，特别引得我们的兴趣，这才有另眼看待、个别认识的需要。

  述说类型的事物，在口头就是讲演体，在笔下就是说明文。生理教科书中讲胃是怎样一件东西，有什么作用；动物教科书中讲哺乳类是怎样一类动物，有什么特征：都是讲演体，都是说明文。这里的胃并不指定张三或李四的胃；哺乳类并不指定这一条狗或那一只猫：都是类型的事物。如果你当医生，割治一个病人的胃，你要把那个病胃的状况写下来，以备他日参考；或者你养一条狗，非常可爱，你要把它的可爱情形写下来，寄给你的朋友看。这时候，你所写的不再是类型的事物了，你的文章也就是记述文了。

第四十九讲　抽象的事理

说明文所说明的对象，现在再举出一种——抽象的事理。

譬如，我们要知道水的冰点是多少度，就去观察。看见寒暑表（摄氏）降到零度的时候水就凝结起来，于是知道水的冰点是零度。在观察的当儿，眼睛看得见的具体的事物只有寒暑表、水或是冰。至于"水的冰点是零点"，换一句话说，就是"水在温度降到冰点的时候才结冰"，这不是一件具体的事物，而是一个抽象的事理，只能意会而不能目睹的。

看了上面的例子，什么是抽象的事理就可以明白了。物理、人生事理等书籍中所述说的都是抽象的事理。这些文章都是说明文。

抽象的事理不是我们所能创造的。它附着于事物，只待我们去发现。在未被发现之前，它早已存在了。既被发现，它就成为我们的经验。因为它是抽象的，发现得对不对、准确不准确往往成问题。譬如，某人精神不佳，仿佛看见眼前闪过一个黑影子，第二天病了，他就说黑影子是鬼，他的病因是遇见了鬼。这似乎也是一个发现，也是一个抽象的事理，然而多么错误多么荒唐呵！医生来了，仔细诊察之后，发现他的病因是受了某种病菌的侵袭，或者是身体某种机能发生了障碍。如果承认医生所发现的是准确的事理，就不能不说某人自己发现的只是虚幻的想头。因为同一事物在同一情形之下,事理不会有两个的。为增进经验,应付生活起见,我们需要准确的事理,不需要虚幻的想头。所以在发现的时候必须极其审慎,以免结果的错误、荒唐。又,我们所知道的事理很多,不尽由自己去发现,大部分还从传习得来;看了书籍,听了教师、家人、朋友的指授,我们就多懂了许多的事理。这些当然有可靠的,但未必完全可靠。所以,对于从传习得来的事理,也得审慎检查,淘汰一番,才能把它们应用。

述说抽象事理的说明文,像"水的冰点是零度"是最简单的了。通常的没有这么简单,往往须把一串的事理联结起来,这一串的事理或由自己去发现,或根据大家所公认的。怎样由自己去发现呢?怎样知道大家所公认的一些事理呢?那是各学科方面的事情,整个生活里的事情,不只是国文科方面的事情了。

第五十讲　事物的异同

有许多事物，粗看起来，这个和那个似乎没有什么分别；但实在是有分别的。为免除混淆起见，就有加以说明的必要。所以，事物的异同也是说明文所说明的一种对象。

譬如，鲸住在水里，形态和鱼类相仿，似乎也是鱼类，但实际上鲸并不是鱼类。要使人家知道鲸为什么不是鱼类。就得把鲸和鱼类的不同之点说个明白。又如，理信和迷信同是一个信，似乎没有什么分别；但实际上二者根本不同。要使人家知道二者为什么根本不同，就得把理信和迷信的来源解释清楚。如果写成文章，前一篇是《鲸和鱼类》，后一篇是《理信和迷信》。这两篇都是说明文。

凡是说明事物的异同的说明文必然是几篇说明文的综合。譬如，在"鲸和鱼类"这个题目之下就包含着两篇说明文：鲸是怎样的和鱼类是怎样的。综合的方式当然不止一个。先说明鲸是怎样的，再说明鱼类是怎样的，是一个方式；说了关于鲸和鱼类的某一个项目，再说关于鲸和鱼类的另一个项目，这样夹杂地说明，又是一个方式。无论用哪个方式，所说的项目必须双方兼顾；如说了鲸的血液是怎样的，就得说鱼类的血液是怎样的，这才能够使人知道二者的不同。如果在鲸的方面说了血液是怎样的，在鱼的方面却说骨头是怎样的，这就无从对比，不能够使人知道二者的不同了。从此更可以知道这类说明文并不是把几篇不相应的说明文贸然综合在一起，而是几篇格式相同、项目一致的说明文的综合。

这类说明文需要捉住那些必须说明的项目；没有遗漏，也没有多余，是最合理想的手笔。如果对于所要说明的那些事物理解得十分透切，所谓异同既已了然于胸中，那么捉住那些必须说明的项目实在也不是难事。这又要说到平时的修养和锻炼上去了。执笔作文不过是把所理解的发表出来，而增进理解决不能够在执笔的当儿临时抱佛脚。这不但这类说明文如此，所有说明文原是同样的。

第五十一讲　事物间的关系

还有许多事物，粗看起来，这个和那个似乎没有什么联系；但实在是有着联系的。或者它们的联系常被误会；实际上并不是这么一回事。为抉隐、正误起见，就有加以说明的必要。所以，事物间的关系也是说明文所说明的一种对象。

譬如，帝国主义侵略和农村破产似乎是两件不相干的事情；但按照我国的情形说，帝国主义侵略实在是农村破产的主要原因。要使人家知道这一层道理，就得把二者间的关系说个明白。又如，坐得正、立得正，似乎只为着表示礼貌；但实际上对于身体的各种机能的正常发展（也就是对于健康）尤关重要。要使人家知道这一层道理，就得把正当姿势和健康的关系解释清楚。如果写成文章，前一篇是《帝国主义侵略和农村破产》，后一篇是《正当姿势和健康》。这两篇都是说明文。

因为目的不相同，这类说明文和说明事物异同的说明文在说明的方式上也就各异。说明事物异同的说明文常是两相对比的；而这类说明文仅须说明二者中间作为因素的一项，只要准确而没有遗漏，它和另一项的关系自然就显露了出来。譬如，要说明帝国主义侵略和农村破产的关系仅须把帝国主义侵略的方法，如市场的夺取、原料的吸取等等加以阐发；在这阐发之中，当然要指出受到影响最大的是区域最广、人口最多的农村；于是二者间的关系再也不必多说，谁都认得清楚了。

目的既在说明"关系"，和"关系"无关的项目就得抛开不说；否则徒然扰乱人家的注意，不免使全篇文章减色。譬如，在说明帝国主义侵略和农村破产的关系的文章里，却说到帝国主义间怎样在那里互相嫉妒，互相欺骗，这就是画蛇添足了；因为帝国主义间的互相嫉妒和欺骗对于我国的农村破产是没有关系的。

反过来，我们就可以知道，这类说明文必须捉住那些和"关系"有关的项目来说。

第五十二讲　事物的处理法

以前讲应用文中的说明书[1]，曾经把编书的事情作为例子，说编者"要使读者知道这部书是用怎样的方法编起来的，就得作一篇'凡例'"。用怎样的方法编起来，换一句说，就是这部书的处理法是怎样的。所以，事物的处理法也是说明文所说明的一种对象。

事物的处理法有具体和抽象的分别。譬如，做一种物理试验，须应用一种器物，这些器物又须作相当的布置；器物和布置是视而可见的，做得对不对又可以从试验的结果来判定。所以，这样的处理法是具体的。又如，讲立身处世的方法，要遵从道德的教条哩，要保持科学的精神哩；这些都不过是一种观念，没有迹象可凭。所以，这样的处理法是抽象的。

执笔作文，说明具体的处理法，人人写来几乎可以说一样。试取几本物理教科书来看，对于同一种试验的说明，彼此仅有字句之间的差异而已。说明抽象的处理法的文章可不然了，各人有各人的发现和理解，写来也许完全不相同。试取几本关于人生哲学的书籍来看，对于立身处世的方法，彼此往往不尽一致。

---

[1] 参见本书第四十三讲。

说明具体的处理法的文章中常常含有记叙的成分。依前面所举做物理试验的例子来论，讲到器物怎样、布置怎样的部分就是记述文，讲到怎样着手试验的部分就是叙述文。说明抽象的处理法的文章，在同一题目之下，各人写来虽然未必尽同；但写作的态度也得像说明物理试验法那样冷静，仿佛并没有"我"在里头似的。如果透露着"我以为应该这样""我主张非这样不可"的意思，那就不是说明文而是议论文了。

说明抽象处理法的文章须求切近实际，对于人家有点儿用处。如果说明"怎样爱国"，却说一该省钱，二该卫生；省钱、卫生和爱国固然不能说绝对没有关系，但是关系太遥远了。这样的文章简直可以不作，因为它不切近实际，对于人家没有多大用处。

第五十三讲　语义的诠释

像字典或辞典，每一条条目诠释一个字或一个词的意义。小学生所用的最简单的字典，诠释只有一句话，甚至只有一个词儿；繁复的大辞典，每条长到千万言，简直就是一篇文章、一本书的规模。无论简单的、繁复的，总之说明字或词的意义，教人家有所理解，所以都是说明文。

诠释一个字或词的意义，要准确而没有漏义，最好用它的本身来作注释。其方式是"甲即甲"。应用起来，就是"牛即牛"，"自由即自由"。诠释"牛"字的意义，再没有比就用个"牛"字准确而包含得完全的了。对于"自由"一词也是如此。但这样作注解，不是等于没有作注解吗？注解的目的原在使人家理解他所不理解的字和词的意义，现在就用人家所不理解的原字、原词作注解，人家看了还是个不理解。所以，这种办法是行不通的；无论哪一种字典或辞典，都得用另外的语言来诠释字或词的意义。用了另外的语言，却仍旧要顾到准确和没有漏义这两点，这是编撰字典、辞典的人所刻意经营的事情。即使并不编撰字典、辞典，而在谈话或临文的当儿要诠释字和词的意义，也非随时顾到这两点不可。

如果说"牛是有理性的动物"，这就不准确了。因为"有理性"是

"人"的特点，用来说明"牛"是完全不切实际的。如果说"牛是哺乳的动物"，准确是准确的了，但是还有遗漏。因为哺乳的动物不只是牛、马、羊、猪、狗等等乃至于人都是哺乳的动物；必须再举出牛的特点来加以限定才行。于是从牛的形态说，是怎样怎样的，从牛的功能说，是怎样怎样的；限定越多，漏义越少，直到所可举出的特点都已举出，这就没有漏义了。——以上是一个例子，无论诠释什么语义，都可以依此类推。

最足以为标准的诠释要推科学方面的定义了。如给"直角三角形"下定义说："这是内含一只直角的三角形。"绝对准确，也绝对没有漏义。至于通常的事物或字和词，因为它们关涉到的范围广大，有些又属于抽象的，要下这样确切不移的定义往往感到不很容易。但诠释语义的事情在日常生活中是很关重要的。无论当传述或是辩论的时候，必须双方对于所用字和词作同样的理解，才可以免除彼此的误会；因此，我们随时有诠释语义的必要。如果能够牢记着前面所说的两点，一要准确，二要没有漏义，虽然不一定像科学定义那样确切不移，总之也相差不远了。

第五十四讲　独语式和问答式

说明文和其他文体一样，大多数采用独语式。所谓独语式，就是作者一个人在那里说话，凡是必须使读者知道的都说在里头，直到说完，文章也就完篇的一种格式。

但有时为便利起见，不得不自己设问。设问就是提出一些问题来，自己再来解答。对于某一点，揣度读者也许会发生疑问，这当儿就来一下设问；接着给它个详明的解释，使读者不复致疑。对于某几处，揣度读者也许会弄不清头绪，这当儿也就来几个设问；然后分头说明，使读者理解得清清楚楚。这等地方，如果不用设问的方法，而用独语式述说下去，原也未尝不可；可是引起注意、点清眉目的效率比较用设问的方法差得多了。写文章给人家看，应该随时随地替人家着想，既然设问可以增加效率的话，为什么要吝啬这些相当处所的设问呢？

从偶或设问发展开去，有些说明文竟是全篇的问答。有一种叫作《地理问答》的书，它的体裁是这样的：某某省位置怎样？某某省在某某省的南面，某某省的北面。某某省有什么大山？某某省有某某山。某某省有什么大川？某某省有某某河。……这是和独语式完全不相同的问答式。每一个问题提示一个项目，答语就是对于这个项目的说明。头绪是清楚极了，即使阅读能力很差的人也不会缠错。我国古书里头有一种叫作《春秋公羊传》的，也全用问答式。它说明《春秋》第一句"元年春王正月"的意义说："元年者何？君之始年也。春者何？岁之始也。王者孰谓？谓文王也。曷为先言王而后言正月？王正月也。何言乎王正月？大一统也。"凡是应该说明之点，都给制成一个问题，然后一层一层加以疏解，像"剥蕉"一般。读者读了这样的文章，只觉得作者的态度极端冷静，一点也不搀杂个人的感情在内，比较独语式尤其偏于理智这方面。

  动手写说明文，用独语式还是用问答式，这当然随作者的便。二者之间并没有优劣可分，只要述说得准确、清楚，能使人家充分理解，无论用哪一式都是好的。不过用独语式已经足够了的时候就可以不必用问答式，因为用问答式至少要多写一些问语，可省不省，未免浪费。至于前面说起的《地理问答》和《春秋公羊传》，那是全书的体裁如此，又另是一个说法了。

第五十五讲　知的文和情的文

　　我们读过了许多篇文章了。自己反省一下，觉得从这许多篇文章得到的影响并不一致：在读了某一些文章之后，我们除了知道了一些什么以外，不再感觉别的；可是在读了另外一些文章之后，却不仅知道了一些什么，还受着它的感动，它好比一块石头，投在我们"心的湖泊"里，激起了或强或弱的波动。譬如，我们读了《丛书集成凡例》，不过知道《丛书集成》是怎样一部书罢了；可是我们读了《海燕》，却使我们心目中出现了成群的小燕子，在春光如海或是碧天万里的背景之前，上下飞翔，我们因而感到一种欣喜或是哀愁。同样是一篇文章，给与我们的影响竟会这样的不同。

　　原来文章除了从前说起的最基本的分类法[1]以外，还可以有其他的分类法。像《丛书集成凡例》那样的文章，目的在将一些知识传达给人家；像《海燕》那样的文章，目的在将一些情感倾诉给人家。前者叫作知的文章；后者叫作情的文章。因为作者的目的不同，读者所受的影响也就各异。读了知的文章，可以扩大知识的范围，但情感方面不会有什么激动；读了情的文章，可以引起情感上的"共鸣"，虽然

---

❶ 参见本书第五讲。

也可以从其中接受知识，但接受时候的心境是激动的而不是平静的。

　　知的文章和情的文章不能够依据了文体来判别。同样是记叙文，有属于知的，如《五四事件》，有属于情的，如《五月三十一日急雨中》❶。同样是论说文，有属于知的，如《图画》❷，有属于情的，如《朋友》。

　　知的文章和情的文章，如果用图画来比拟，前者犹如用器画，而后者犹如自在画。用器画所要求的是精密与正确，要达到这样地步，惟有对于当前事物作客观的剖析。自在画所要求的是生动与神化，要达到这样地步，必须对于当前事物作主观的体会。十个人对同一事物画用器画，只要剖析的不错，画成的十幅画就完全一样。十个人对同一事物画自在画，彼此的体会未必一致，画成的十幅画就大有差别。用器画家以纯理智的眼光去看事物，把个人的情感搁在一旁，所以剖析相同，成绩也相同。自在画家通过了个人的情感去看事物，一切都给染上了个人情感的色彩，所以体会各别，成绩也各别。

　　试取几种物理教科书来看。其中讲力学的，讲声学的，……无非这么一些意思，不过字句之间略有不同罢了。原来这些是同于用器画的知的文章。又试取几篇哀悼某一个人的文章来看，就见到他们的意境各各不同。原来这些是同于自在画的情的文章。

　　作知的文章，第一，自然要求观察和认识的精密与正确，这是个根本条件。如果观察和认识不精密，不正确，无论你笔下的工夫怎样了

---

❶ 参见本书附录。
❷ 参见本书附录。

不起，决不能够写出好文章。第二，对于所谓消极修辞的工夫要充分注意。

作情的文章，不但要记录事物，表示意思，并且要传达出作者的情感，为达到这个目的起见，就得放弃了寻常的写述手法，而致力于描写的工夫。所谓描写，浅近地说起来，就是种种积极修辞方法的适当的应用，如譬喻，如拟人、拟物，如借代，如摹状，如铺张，……这些修辞方法都是直接诉之于感觉的。惟其直接诉之于感觉，所以能有传达情感的效果。"时令交春了。"这样一句话中，没有什么情感可言。但是说"春天和我们同在了"，我们就感觉春天宛如一位可爱的朋友，他的到来带给我们无穷的希望；这就可见这样一句话足以传达出欣喜的情感。

第五十六讲　学术文

知的文章一点不搀杂作者个人的情感，只是对当前事物作客观的剖析；前面已经说过了。现在要说的是：凡作学术文应该用知的文章的手法。因为学术文的目的在使读者精密地了知，正确地理解，这非诉之于读者的理智不可；如果笔下带着情感，难免把读者的理智混淆了，在学术的授受上是有着妨碍的。试看出色的学术文，都是纯粹的知的文章。

要作学术文，必须作者对于学术有了精深的造诣。这由于平时的修养，在我们的文话中没有什么可以说的。现在假定作者对于学术已经有了精深的造诣，当他动笔写作的时候，却有特别要审慎的几点。在这里，我们不妨提出来谈谈。

第一点，凡用字眼，要按照它的原义；换一句说，就是要按照它在学术上的意义来使用它。有许多字眼，经过千万人的传说，它们的意义渐渐转变，成为庸俗的意义，和原义完全不相应合。如称节省钱财为"经济学"，称热心公益为"社会主义"，把自己的意见叫作"主观"，把他人的意见叫作"客观"，诸如此类，不一而足。如果写作传记或是小说，而所写的正是这样乱用字眼的人物，自然不妨把这些字眼用在他的会话里；使读者如闻其声，如见其人。这当儿，你若嫌他使用字眼全不得当,逐一给他换上适切的字眼,写成他的会话,那反而失掉了这个人物的特点,你的描写就失败了。但是在学术上,"经济学"是什么,"社会主义"是什么,"主观"是什么,"客观"是什么,都有确定的界说。作学术文,惟有合乎界说的意义,才可以用这个字眼来表达它。读者根据了字眼的界说来理解,才可以不生歧义。否则作者和读者之间没有了公认的媒介,那学术文就说不上精密与正确了。

第二点,凡有语句,要多所限制;换一句说,就是要使语句的含义毫不游移。我们平时说话、作文,往往依从习惯,取其简捷;只要在当前的情境之下,能使对方理会,就算了事;但仔细考察起来,不免有游移的弊病。如说"铁比棉重",似乎很成一句话,然而这句话的意义是游移的。一百斤铁比一百斤棉重呢,还是一小块铁比一大包棉重?如果说"假如体积相同,铁比棉重",这就毫不游移了。"假如体积相同"正是加上去的限制。可见多所限制可使意义精密与正确。我们读学术文,如"在某种情形之下""在某一些条件之下""从某方面看来""从某立场某基点说来"等副词性的语句,常常可以遇见。这并不是作者不惮噜苏,实因他要求他的语句精密与正确,所以不得不加上相当的限制。

第三点,凡积极修辞方法,在学术文中不宜随便乱用。如"白发三千丈"是诗篇的佳句,"世乃有无母之人"是抒情文的至性语,它们都用的积极修辞方法。但当写学术文的时候,这种语句就完全用不到。学术文要一是一,二是二,不戴有色眼镜去观察一切事物,不带个人情感去对付一切意思。学术文以朴素而精密、正确为美，和情的文章原是不一样的。

　　写学术文应当审慎的当然不止以上所说的几点，但这几点却是浅近而重要的。即使自己并不动手去作，知道了这几点，对于学术文的阅读也有相当的帮助。

第五十七讲　对话

叙述文叙述事件的经过与变化。事件的经过与变化，情形各各不同。如果某事件中有若干人物在那里活动，从作者看来，不但那些人物的行动需要叙述，就是他们当时的语言也非叙述不可：在这样情形之下，叙述文中就得插入对话了。

像《项链》这篇里的"呵！好香的肉汤！我觉得没有再比这好的了……"这只是那个丈夫的独白，并不是对话。又像《新教师的第一堂课》❶里的"反正已非教书不可，除了在这上努力以外更无别法，人家怎样说，怎样想，哪里管得许多"。这只是那个新教师在那里想心思，而作者把他的心思写了出来，也不是对话。所谓对话，至少在两个人之间才会发生。你提起了一个问题，或者谈到了一件事物，我接下去表示我的意见，说出我的感想，你又接着谈论下去：这样才是对话。如果人数更多，或者甲、乙、丙、丁顺次发言，或者甲、乙反复说了许多回，而丙、丁只在其间插入一两句：这样当然也是对话。

有许多叙述文，作者在人物的行动上很少用笔墨，有的竟绝不去叙述人物的行动，而专门叙述他们的对话。读者读着这样的文章，就仿

---

❶ 见本书附录。

佛坐在这些人物旁边，听他们你一言，我一语。

读到完篇，就可以了解他们谈的是什么。

叙述人物的语言，原来有两种方式。

一是用传述的口气，由作者转告读者，其方式是"甲说怎样怎样，乙以为怎样怎样"。用这种方式的时候，对于语言中的代名词必须加以变更，如原语中的"我"，由作者方面说，必须改作"他"，原语中的"你"，由作者方面说，必须改称那人的名字；否则就混淆不明了。

一是用记录的手法，把原语直接告诉读者，其方式是，甲说："怎样怎样。"乙说："怎样怎样。"这里用着引号，就是表示完全保存语言原样的意思。从前文言不用标点符号，但也有个特别的标记，作者在记录语言之前常写着"某某曰"，使读者一看就明白，"曰"字以下是人物的语言的原样了。

前一种方式，适用于短少的语言。如前面提起的《项链》里那个丈夫的独白，如果把"我"字换作"他"字，改为作者传述的口气，也没有什么不可以。但是，繁多的语言，几个人的反复谈论，就不适宜用这种方式，而必须用后一种方式。因为用前一种方式既有变更代名词的麻烦，又有许多语言不便由作者传述（如自己抒发情感的话），不如用后一种，依照语言原样记录，来得方便。又，用前一种方式只能传达语言的意思，而不能传出人物发言当时的神情；要使读者在领略意思以外，更能体会发言当时的神情，就非用后一种方式不可。

叙述对话的文章就是充量利用后一种方式的。

我们同家人或是朋友在一起，随时发生对话，为什么不把它完全记录下来呢？

原来写一篇文章，必须有一个中心意义；平时的对话，或则散漫无归，或则琐屑非常，要记录当然可以；只因为它不值得记录，就不去记录了。若是一场对话中间，含有一个中心意义，那就是值得记录的材料；作者就不妨提起他的笔来。值得不值得的辨别，全靠着作者的识见。

第五十八讲　戏剧

　　戏剧和纯用对话组成的叙述文相似而实不同。二者都只有对话，是它们的相似处。但戏剧用对话来表达一个故事，这故事或则头绪很繁多，或则进展极曲折；而寻常用对话组成的叙述文，不过是几个人的一场会谈，在某一个中心意义上见得有记录下来的价值而已：这是它们的不同处。

　　更有一点不同处：纯用对话组成的叙述文，其目的和他种文章一样，无非供人阅读；而剧本却不单供人阅读，尤其重要的，在供演员登台表演。因此，写剧本比较写叙述文须要更多方面的注意。许多对话该使演员在怎样的环境中间说出，用怎样的神情、姿态说出，才可以收到最大的效果：这是写剧本时必须考虑的。作者把考虑的结果也写入剧本里头，于是在对话以外，又有了记录舞台布景以及人物的神态、动作等等的文字。这种文字是给布景员和演员看的，在剧本中只居于"注脚"的地位，而剧本的主题总之是对话；所以我们不妨说，剧本的组成完全用着对话。

　　我们要知道，纯用对话来编成戏剧，而对话又同实生活中间一样，发言吐语，毫无不合情理之处，这是从西洋现代剧的写实一派开始的。这种编剧方法传到了我国，我国也就有人写这样的剧本了。若从所有的剧本看起来，写法并不完全如此。如有一些剧本，往往有一个人物的独白，把所见的景物、所想的心事、所感的情绪说上一大套。在现实生活中间是决没有这样的事情的，既不是神经病患者，怎么会唠唠叨叨向虚空说话呢？然而作者认为戏剧究竟是戏剧，虽然不合情理，却也无妨。这和写实一派，不能断定说谁优谁劣，因为戏剧的优劣并不在这上边判别；只能说另是一种写法罢了。

我们旧有的戏剧大都是歌剧：有道白的部分，又有歌唱的部分。这也和现实生活不相一致，在现实生活中间，决没有按照着乐谱说话的，还有歌唱的部分并不完全是对话或者独白。如皮簧戏《空城计》中司马懿唱："坐在马上传将令：大小三军听分明。"昆剧《长生殿·埋玉》中唐明皇唱："无语沉吟。呵呀！意如乱麻。"这两个例子中，"大小三军听分明"和"呵呀"固然是对话；而"坐在马上传将令"表明司马懿的动作，"无语沉吟"，"意如乱麻"表明唐明皇的神态与心绪，按照现代剧写实一派的手法，这些只能作为"注脚"罢了，但在我国的歌剧中，也不妨编成唱句由剧中人物唱出来。这种体裁上的特异处，也是看戏的或是读剧本的所应了解的。

再说我国旧有的戏剧，一出中可以有许多场面。各个场面所表演的事情，在时间上不一定连续，在空间上不一定一致。前一场面的事情发生在前几天，在甲地点，而后一场面的事情却发生后几天，在乙地点：这样的例子很多。但是现代剧写实一派就不一样。它每一幕只表现在某一段时间以内发生在某一地点的事情。时间不可割断；地点不可变改。假如一幕戏剧可演一点钟，那就是剧中人物连续地作一点钟的对话；假如舞台被认为某人家的一间屋子，那无论剧中人物上场下场多少回，总之只能在这一间屋子里活动。有了这样的限制，又得纯用对话，表达出头绪很繁多、进展极曲折的故事来，使观者觉得入情入理，发生深切的感动，这当然不是容易的事情了。

第五十九讲　文章中的会话

剧本以及有一些叙述文纯用对话来写成，前面已经说过了。但大部分的叙述文都只是插入一些对话罢了。按照实际情形说，一件事情继续发展，由少数或者多数人在那里活动，当时他们的对话一定不止被记录在文章里的这一些。譬如，有五个人聚集在一起，举行一个会议，他们从开会到散会，彼此反复辩论，互相商讨，假定延长到一点钟的话，那记录对话的文章至少要有七八千字了；但写起文章来，往往不把这些对话完全记录，而只记录其一部分，此外的，由作者用"某人主张怎样""某人的意见和某人大致相同"等语句一笔表过（会场速记当然除外）。为什么文章中的对话少于事实上的对话呢？被记录在文章里的对话又用什么标准来选定呢？这是应当讨究的问题。

从前我们说过："事物本身的流动有快有慢，……写入文章里面，因为要使事件的特色显出，就得把不必要的材料删去，在流动上更分出人为的快慢来。"所以，即使是叙述一场会议的经过的文章，本来应该纯用对话来写成的，也不妨在流动上分出人为的快慢来，把显得出该会议特色的对话记录了，而对于其余的对话，或者只是一笔表过，或者简直略去不提。这样，文章中的对话就少于事实上的对话了。我们要知道，叙述文是决不能按照事实一丝不漏地记录的，某一件事情自始至终只占一天的时间，可以说很短暂的了，但是，试想把这一天里各个人物的行动以及对话一丝不漏地记录下来，将成多少厚的一本书？人家阅读这样一本大书，将费多少的工夫？并且，这样记录有什么必要呢？叙述了重要的部分，更把脉络、关节交代明白，使人家知道事情的特色和大概，这就足够了。

　　选定对话的标准，只有"必要"二字。说得明白一点，就是：凡足以增加文章效力的对话，必须记录下来；其可有可无的，不妨一概从略，因为收了进去反而使文章见得累赘，减损了效力。譬如：事件的进展，由作者的口气来叙述，往往觉得平板；而这当儿事件中的几个人物恰好有一场对话，径把这一场对话记录下来，却见得活泼有致：这就是足以增加文章效力的对话，决不可随便放过。又如，人物的性格，由作者用一些形容词语来描写，只能使读者得到个抽象的概念；假如这些人物恰好有一场对话，径把这一场对话记录下来，却可以使读者对于他们的性格得到个具体的印象：这就是足以增加文章效力的对象，尽量收入也不嫌其多。试取好的文章来看，其中所收的对话断没有离开了"必要"的标准的。

　　以上是就叙述实事的文章而言。他如小说，整个故事都由作者虚构，其中的对话当然也出于想象。想象出来的对话，除必须合于"必要"的标准以外，还得注意到人物的习性、职业、教育程度、地方色彩，等等。一个粗鲁的人物，却有精密的谈吐；一个不识之无的人物，却满口引经据典，或者累累不绝地用着学术词语：这些都不是好的对话，在小说中就是毛病。

第六十讲 抒情诗

我们当遇见了美好的、伟大的景物,不禁要放声高呼:"啊!了不得!了不得!"或者当碰到了哀伤的、惨痛的事故,不禁要出声绝叫:"啊!受不住了!受不住了!"这当儿,我们和当前的景物或是事故已经融合在一起,不再用冷静的头脑去对付它们,却把自己的情感倾注到它们中间;因而眼中所见、心中所想,都含着情感的成份。

在一些时候,因为情感太旺盛了,太深至了,仅仅叫喊几声,不足以尽量发泄;而情感不得尽量发泄,却是一种不快,甚而是一种难受的痛苦。于是我们编成几句和谐的语言,把当时的情感纳在里头,朗吟着或者低唱着。在吟唱的当儿,怀着欢快的情感的更觉得畅适无比,而怀着哀痛的情感的也觉得把哀痛吐了出来:二者都得到尽量发泄的快感。即使并不由自己来编,在情感激动的时候,也往往要吟唱一些现成的诗歌。游山玩景的人不知不觉地吟着古人的咏景佳句,送殡的行列凄凄切切地唱着《蒿里》《薤露》的歌曲,都为着发泄情感的缘故。

抒情诗就是从这样心理基础上产生出来的。无论对自然景物,或是对人情世态,有动于中,发为歌咏,都是抒情诗。这里所谓情,自然各各不同,有强烈的,有淡远的,有奔放的,有含蓄的;但总之贯彻着全诗,作为全诗的灵魂。我们原可以说,情是诗的本质,没有情也就无所谓诗;所以凡是诗都是抒情的。现在从诗的范围中划出一部分来,把那些纯粹流荡着一股情感的诗特称为抒情诗,不过表示那一类诗比较一般的诗尤其是抒情的而已。

抒情诗纯粹流荡着一股情感,这情感必须用具体的语言和适合的节奏才表现得出。假如语言是笼统的、模糊的,节奏是和情感不相应的,那就达不到抒情的目的。譬如,逢到欢喜的时候,只是说"快活极了",逢到悲伤的时候,只是说"痛苦极了",这样,虽然重复说上十遍二十遍,还是没有抒出什么情来。必得把当时眼中所见、心中所想化为具体的语言,然后可以见得感动在什么地方,以及感动到何等程度。又必得使语言的节奏适合当时的情感,然后歌咏起来可以收到宣泄情感的效果。总括一句,就是:抒情诗应该是造型艺术和音乐艺术的综合体。

如果取一首抒情诗来作为例子,把它解说一番,对于上面所说的话就更见明白。我们读过李白的一首诗:"问余何意栖碧山,笑而不答心自闲。桃花流水窅然去,别有天地非人间。"这首诗抒写山居闲逸之情。假如只是说"闲逸极了",那就等于没有说。现在作者在第一句里说到"山",而且是"碧山",这就非常具体;仿佛作画一样,已经布置好了一片鲜明的背景。更用一个"栖"字,见得对于山居乐而不厌。鸟儿栖息在林中,不是很安适很快乐的吗?第二句用"笑而不答"来描摹"心"的"闲",又是个具体的印象。从这个具体的印象,显示出丰富的意义:别有会心,不可言状,是一层;说了出来，人也不解，是一层；闲适之极，无暇作答，又是一层。第三句从整个背景中选出更鲜明的"桃花流水"来说。桃花随着流水窅然而去，即此一景，便觉意味无穷。所以第四句推广开去说，总之山中别有天地，不同人间。山景如此，心境如此，其闲逸之情可想而知了。再说这首诗用"山""闲""间"三字作韵脚，声音舒缓。而第一句的"栖"字，第二句的"自"字，第四句的"非"字，以及第三句的"窅然"二字，念起来都使人起幽静深远的感觉。把这些字配合在诗里，正和闲逸之情适合。若问李白这一首诗为什么会这样好，回答是：因为它是造型艺术和音乐艺术的综合体。

第六十一讲　叙事诗

叙述一件事情，不用普通的散文，而用诗来写出的，叫作叙事诗。所谓叙事诗，是对于抒情诗而言的，抒情诗所写的是作者对事物的主观的情怀，叙事诗所写的是事物本身的变迁和进展。

抒情诗所用的题材可大可小，大至国家兴亡，小至一草一石都可以。因为所写的并非事物本身，乃是作者对于事物的情怀，所以题材可以不拘。至于叙事诗，是叙述事物本身的变迁和进展的，题材常取稀有的不寻常的故事，历史上可歌可泣的事件，往往被取为叙事诗的好题材。抒情诗可以用短小的构造来写出，叙事诗非用较大的篇幅不可。

叙事诗在叙述一点上和叙述文性质相同，叙述文里的技巧，如材料的剪裁、取舍，场面的布置等等法则，照样可应用于叙事诗。但从另一方面看，叙事诗究竟是诗，不是散文，不但须在字句上、韵律上具有诗的形式，并且还要具有诗的质素。若叙述一件事情，只是字句韵律像诗，而缺乏诗的质素，那末只是诗体的叙述文而已，不能算是真正的叙事诗。

诗的质素是什么？我们在前面曾略有说及。诗是用想象、含蓄、印象等等的方法，叫人去感受的。叙述一件事情，可以用散文，也可以用诗，散文的目的在告诉读者以事件的经过，使读者"知得"。诗

的目的,却在叫读者"感得"。叙述文和叙事诗的特色,可用下面的例子来分别:

> 时移事去,乐尽悲来。每至春之日,冬之夜,池莲夏开。宫槐秋落,梨园弟子,玉琯发音,闻《霓裳羽衣》一声,则天颜不怡,左右歔欷。三载一意,其念不衰。求之梦魂,杳不能得。
>
> ——陈鸿《长恨歌传》

> 归来池苑皆依旧,太液芙蓉未央柳。芙蓉如面柳如眉,对此如何不泪垂。春风桃李花开日,秋雨梧桐叶落时。西宫南内多秋草,落叶满阶红不扫。梨园子弟白发新,椒房阿监青娥老。夕殿萤飞思悄然,孤灯挑尽未成眠。迟迟钟鼓初长夜,耿耿星河欲曙天。鸳鸯瓦冷霜华重,翡翠衾寒谁与共。悠悠生死别经年,魂魄不曾来入梦。
>
> ——白居易《长恨歌》

上面两段文字,都是叙述唐玄宗回宫后的独居寡欢的,《长恨歌传》是叙述文,《长恨歌》是叙事诗。一经比较,就可看出特色来。叙事诗叙述事物,始终不能脱去诗的情感的要素,从这点说起来,叙事诗和抒情诗,并没截然的分界,只是所取的题材不同罢了。

第六十二讲　律诗

我们已读过好许多诗，除新诗以外，有七言绝句，有五言古诗，七言古诗。关于诗的平仄的格式，也曾在前面讲过一种七言绝句的。这里我们要讲到律诗。

律诗是用八句构成的，有七言的五言的两种。七言律诗的平仄格式，完全是七言绝句的重复，前回所讲的七言绝句的平仄排列共有两个格式，任何一种反复重叠起来，就成七言律诗的平仄。

五言律诗的平仄格式，也由五言绝句的平仄格式重复而成。五言绝句的平仄，也有两种排列方式，如下：

○○●●○	●●○○●
或○○○●●	或●●●○○
●●●○○	○○●●○
●●○○●	○○○●●
○○●●○	●●●○○
（五绝平起）	（五绝仄起）

五言绝句用四句构成，上面两式中，任何一种重复起来，就成一首五言律诗的平仄格式。但第五句概不用韵。（七律亦同。）

律诗和绝句同是近体诗，律诗的限制比绝句更严，除平仄字数的限制外，还有其他的限制须遵守。绝句可押仄声韵，而律诗通常只许押平声韵。不论五言律诗或七言律诗，八句之中第三第四两句和第五第六两句须讲对仗，叫他各自成为对偶。还有，在一首律诗之中，已经在某句里用过的字，他句不准再用。这些格律如果违犯，就认为不合格。

  律诗之中，除由八句构成的五律七律以外，还有累积至数十韵（两句叫一韵）的，叫作排律，也称长律。

  旧诗之中近体诗比古诗限制严，最受束缚的要算律诗了。我们现在的新诗，就是从这种束缚解放出来的东西。

第六十三讲　仪式文（一）

在现世生活，常碰到种种的集会。小至朋友间送迎庆吊，大至政治上的一切会议，都用集会的方式来实施。集会必有相当的仪式，在这些仪式之中，就必有讲话的人。例如学校行毕业典礼的时候，必有官长、校长或教职员的训词，来宾的演说，以及学生代表的答词。这些讲话如果记载下来，就是文章。这里叫作仪式文。世间有许多文章，就属于这一类。

仪式文的对象，就是眼前的听者，他的读者是有一定的。就这一点说，仪式文和书信颇有相同之处，书信里的礼仪法则，如称呼敬语之类，都该照样应用。

仪式文可略分为两种，一是以仪式的主持者为立场的，一是以仪式的参与者为立场的，这两种的分别，很是显然，因之写作的态度也有不同。举例来说，在做寿的仪式上，寿翁的"七十自述"属于前者，来宾所送的"寿序"之类，属于后者。在一般集会的仪式上，会长的开会词属于前者，会员或来宾的演说属于后者。

现在先讲第一类的仪式文。这类仪式文的意思或内容差不多是被所行的仪式限定了的，因为作者就是仪式的主持者，对于举行这仪式的必要、理由，以及个人的见解、感想、希望等等早怀抱在胸中，不劳再去临时搜索。把这些怀抱按照自己的地位发挥出来，就成一场讲话，也就是一篇文章了。所以，这类的仪式文，材料内容是现成的，不必外求，问题只在怎样把自己所怀抱的意思得体地充分地表达出来。

　　仪式文是应用文，凡是应用文，都是应付当前的实际事务的，和实际事务有着密切的关系，措辞要得体，要合乎身份地位，否则就不适当。这类仪式文的好坏的区别，与其说在技巧上，倒不如说在态度上。作者能将自己对于仪式所怀抱的意思按照自己的身份地位合法得体地表达出来，就不失为一场通得过去的讲话，或一篇通得过去的文章。故意播弄技巧，反不是好事。

第六十四讲　仪式文（二）

这里所讲的是第二种的仪式文。

第二种仪式文是以仪式的参与者为立场的。我们在参与仪式的时候，常见到有些人会临时被邀请了上台去讲话，有些人或自动地发表意见，不论是被邀请的或自动的，这种讲话或意见写记下来，就是第二种的仪式文。

这种仪式文比第一种仪式文更需要技巧。第一种仪式文的作者是仪式的主持者，内容意思早有把握，而且可在事前先作预备，甚至于先用文字写记起来也无妨。可是第二种仪式文的作者，却没有这种便利和余裕，他们大都须临时把讲话的内容意思构成起来，在上台去稍后的人，还要避掉他人已在前面所讲过的各种材料，以免人云亦云的缺陷。所以这类仪式文，比第一类仪式文难作得多，全靠作者有本来的素养，和临时的机智。同是一番道理，有素养的人发挥出来便和别人不同；同在一室之中，有机智的会从眼前事物中发现讲话的新鲜材料。有素养有机智的作者，在这种时候，往往能将离本题很远的事物牵引出来，使和当前的情形发生密切的关系，加以说述，叫听众和读者发生新鲜的快感。

这种仪式文，须合乎身份，顾到礼仪，和第一种仪式文没有两样，最要紧的是有新鲜味，切忌内容空虚，泛而不切。这种仪式文一不小心，就会犯肤浅笼统有形式而没有实质的毛病，普通所谓"应酬文字"者，大都就指这种无聊的文章而言。自古以来，不知有过多少篇的"颂辞""寿序""赠序""谏辞"之类的文章，可是有意义的可传的作品却并不多。至于那些坊间流行的"酬世锦囊"之类的书中所载的祭文、祝辞、喜联、挽对等等，更是随处可以适用的浮泛无聊的东西了。

第六十五讲　宣言

国家或团体对于某一件事情或某一种计划，要发表意志或主张使大众知道，得用文字做宣传工具。这种文章，种类是很多的，如诏谕，如檄文，如标语，如宣言，都是。标语和宣言是这种文章的近代的形式。这里就只说宣言。

宣言和标语都是表达意志、宣示主张的：标语只是揭出一个题目，不详说理由，取其简单明了，宣言就了题目详说理由，目的在叫人了解所发表的意志或主张是合理的，应该的，从此生出一致拥护赞成的精神来；标语好像是热烈的叫唤，宣言是谆谆的说教。例如对于取消不平等条约一件事只提出"取消不平等条约"的几个字来，这是标语。详细把不平等条约的历史、祸害，以及取消的决心和步骤等等说出来的，是宣言。

一个小小的团体，一个平常的个人，偶然也可有发宣言的事情，但一般地所谓宣言，是政治当局者用来发表政治上的意志和主张的东西。它的对象往往就是全体民众，或有关系的他国人民。宣言的目的，在呼唤起民众的对于某事件、某计划的共鸣，起来和当局者站在一条线上，完成当局者所怀抱的意志或主张。写作的时候，最要注意的是意志主张的明白现出，当局者对于自己所怀抱的意志和主张，不但不许有一些含糊，而且还要有热烈的决心，坚定的态度。因为当局者的意志和主张是宣言的内容，当局者的决心和态度，更是感动民众的要素，都非常重要的。

宣言是一种应用文，性质和书信及第一种仪式文有共通的地方，因为都是处置事务而且对人讲话的。不过对象是全体民众，比书信和仪式文更广罢了。作者的身份地位，在措词上一样地该好好注意。

第六十六讲　意的文

我们在前面曾经把文章分为知的文和情的文，说明二者的区别。知和情是心理学上的名词，一般心理学者把心的作用分为知、情、意三个方面，既然有知的文和情的文，当然还可有意的文了。这次就来再说意的文。

意就是意志，是一切欲望发生的根本。我们平常说"我要××""我以为该××"或"我非××不可"的时候，就是我们的意志在发动。意志常以主张的形式而表现，所以凡是有所主张的文章，就是意的文。前面所讲的宣言，就是意的文之一种。

我们平常讲话，对于事物有所说述的时候，必含判断的语气，如说"人是动物"或"地不是平面的"这些判断，有时只是一种说明，有时就成一种主张。"人是动物"，"地是个会转动的球"，这话在现在的学校教师口里是一种说明，可是在从前达尔文、哥白尼口里是一种主张。因为在达尔文以前，人是被认为上帝所造的，在哥白尼以前，地是被认为不动的。他们当时有许多敌论者，他们的判断就是反对当时敌论者的呼叫。一个判断的成说明或成主张，完全以有没有敌论者为条件。判断用主张的态度发挥出来的就成议论。所以一般所谓议论文者也都是意的文。

把心的作用分成知、情、意三个方面，原是为说明上的便利，实际这知、情、意三者都互相关联，并无一定的界限可分。我们对于事物要主张某种判断，是意。但主张不该盲目武断，必得从道理上立脚，有正确的理由，这是知。还有，要主张一件事情，必先须有主张的兴趣和动机，或是为了爱护真理，或是为了对于世间的某种现状有所不满，这是情。意的文不能和知、情完全无关，在心理的根本上已很明白，至于说出来或写出来的时候，为了要使自己的主张受人共鸣，有时须利用知，有时须利用情，也不能不和知、情相关联。这里所谓意的文者，只是由作者意志出发，以发挥作者的意志为主旨的文章而已。

第六十七讲　议论文的主旨

我们以后要讲述关于议论文的种种，这回先讲议论文的主旨。

议论文是把作者所主张的某种判断加以论证，使敌论者信服的文章。议论之所以成立，由于判断的彼此有冲突。如果对于某一判断彼此之间都认为真理，那就并无异议可生，根本无所用其议论了。例如，"人是要死的"这判断在一般人是不会引起议论的，可是在认为灵魂可以永生的宗教家，都要作为大题目来发种种的议论。又如"饮酒有害于健康"，这判断已成为常识上的真理，用不着再有人出来从新主张，可是对于明知故犯的嗜酒者和漠视酒害的世间大众却有再提出来议论的必要。总而言之，议论的发生由于对于某一判断的意见有不一致的地方。这所谓不一致，并不必全部相反，在程度上范围上部分地不相融合也可以。例如对于"人皆有死"的判断，可以发生"伟人身体虽死精神不死"的议论；对于"饮酒有害"的判断，可以引起"饮酒不过量反而有益"的议论。此外，因了个人立场的不同，对于一个判断，主张上也自然会发生种种的不一致，这样，议论的来路是很多的。

议论文是作者对于敌论者主张作某种判断的东西，所以议论文大概有敌论者，至少应有敌论者在作者的预想之中。这所谓敌论者，有时可以说得出是张三或李四，有时不妨漠然不知道是谁。总之是有敌论者就是了。凡是文章都以读者为对象，都有读者的预想。议论文的读者和别种文章的读者性质颇有不同，议论文的读者一种是敌论者，一种是审判者。我们写作议论文，情形正和上法庭去诉讼，向对方和法官讲话一样。

　　我们对于事物不妨怀抱和别人不相一致的见解，提出自己的判断来加以主张。但主张必有理由，为使大家信服起见，当然要把主张的理由透彻地反复论证。议论文的主旨就在论证作者的主张。大家都认"武王是圣人"，你如果要主张说"武王非圣人"，不能凭空武断，该提出充分的理由来论证这个和人不同的判断。

第六十八讲　立论和驳论

议论文是作者把自己所主张的判断来加以论证的东西，可分别为两种：一种是作者自己提出一个判断来说述的，一种是对于别人的判断施行驳斥的，前者叫作立论，后者叫作驳论。

前面曾经说过，凡是议论，都有敌论者，至少应该有敌论者在作者预想之中的。立论和驳论都有敌论者，立论的敌论者范围很广泛，并没有特定的对象，驳论的敌论者是有特定的对象的。作者为了对于某人的某一判断觉得不以为然，这才反驳他。所以就大体说，立论是对于一般世间判断的抗议，驳论是对于某一人（或某一团体）的判断的抗议。

驳论是以一定的敌论者为对象的，我们对于敌论者所主张的判断，尽可认定论点，据理力争，却不该感情用事，对敌论者作讥笑谩骂的态度。如前所说，我们发议论的动机，也许出于感情的驱迫，但议论本身彻头彻尾是立脚在理智上的，丝毫不能凭藉个人的感情。尤其是写作驳论的时候该顾到这一层。假定你的敌论者是张三，你在过去为了某种事件曾对他有不快，你对于他的主张写作驳论，只准就他的主张讲话，不该牵涉和本问题无关的旧怨。驳论的读者一种是敌论者，一种是旁观的审判者。就前者说，写驳论等于写书信，书信上的礼仪照样应该适用。就后者说，我们写驳论，希望得到大众的赞同，更应该平心静气地说话，轻薄的讥嘲，毒辣的谩骂，反足使大众发生反感减少同情的。

驳论的写作，可以不止一次，为了某人的某一个判断，我不以为然，写了文章来驳诘，这是驳论。某人见了我的驳论，觉得不服，再来驳覆，这也是驳论。这样，为了某一个问题，往往有彼此辩驳至好久的。

写驳论的目的，在乎使敌论者折服，放弃他原来的主张转而信从我的主张，至少要获得旁观者的赞许，使敌论者不敢再固执原来的主张。这并不是容易的事，我们在写驳论之前，应就对方的立论好好研究，发现他的弱点和错误所在，加以攻击，一方面须搜集材料和证据，用种种方法来巩固自己的议论的阵线，那情形差不多等于下棋和作战，没有简单的方法可指示的。

第六十九讲　议论文的变装

议论文是对于判断的证明。判断用言语表示出来，论理学上叫作命题。命题是有决定意义的一句话，如"甲是乙""甲非乙"等，就是命题的公式。命题依了性质，共分四种，如下：

凡甲是乙（全称肯定）例——凡人是动物

某甲是乙（特称肯定）例——某人是学生

凡甲非乙（全称否定）例——凡人非木石

某甲非乙（特称否定）例——某人非学生

我们以前读过的议论文，如果把其中的主要论点摘举出来，结果只是一个命题。如《非攻》是说"攻战是恶事"，《缺陷论》是说"缺陷是有益的"。所谓议论文，都不过是一个判断——命题的证明。

命题是一个抽象的意念，命题的成立，实有种种具体的事件做着根据。例如"攻战是恶事"的命题，是用从来许多的战祸为依据的，如果你能从各方面把战祸写给人家看，或说给人家听，就是自己不作"攻战是恶事"的主张，也能得到同样的效果。我们读过的《愚公移山》的故事，效果并不觉比什么《努力论》或《大智若愚论》少。历史的记载以及小说戏剧的能使人深省，理由就在这点上。

由此说来，我们要表示主张，可有两种方法：一个是从事件上抽出一个命题来，再加以种种的证明；一个是只把事件写出，故意不下判断，让读者自己去发现作者想提出的命题。前者就是一般的所谓议论文，后者可以说是议论文的变装。

变装的议论文以叙述事件为主要手段，作者有时虽也流露着主张，可是并不像一般议论文的用力，或竟一些都不把主张宣布。至于所叙述的事件，可以是真正的事实，也可以由作者来凭空虚构，实际上反是虚构的居多。因为真正的事实，牵涉的方面极多，内容往往复杂，非十分凑巧，不能暗示作者的主张，倒不如让作者依据自己的主张虚构事实来得便当随意。因此之故，变装的议论文除历史外常采取小说、寓言等形式而出现。

变装的议论文是一种议论的改扮，不像一般议论文的明显，比较不会引起敌论者的反对。所以越是讲话不能自由的时代，变装的议论文也越多。

第七十讲　推理方式(一)——演绎

议论文的主旨在证明作者所主张的判断。我们要下一个判断，须以理由为根据。从理由到达判断，这作用在心理学上叫作推理。议论文，可以说就是推理的记录。

推理的方法和规则，是论理学里所详说的，这里不能一一详细说明，只好说说几个重要的原则。

议论之中，有些是以既知的普遍的判断为基础，再把这判断应用在个别的事物，而造出新判断的，这叫作演绎法。例如说：

　　凡人都是要死的。　　　　（A）凡甲是乙

　　圣人是人，　　　　　　　（B）丙是甲

　　故圣人是要死的。　　　　（C）故丙是乙

这种推理，由（A）（B）（C）三种命题合成，所以又叫三段论法。（A）命题叫大前提，（B）命题叫小前提，（C）命题叫断案。（C）命题的产生，完全以（A）（B）两个命题为根据，（A）（B）两个命题如果不错，（C）命题也当然可以成立。

演绎法由三段构成，是最基本最完整的形式。实际在谈话或文章上，并没这样完整。往往有颠倒或省略的情形。例如说：

　　圣人是要死的（断），因为他是人（小）。

凡人是要死的（大），故圣人要死（断）。

也就可以。不过在要检查议论正确与否的时候，最好补足起来排成基本的完整式样。

演绎的论式，因了命题的是全称、特称、肯定和否定，可生出许多式样。有的可靠，有的不可靠，上面所举是最典型的一个论式。大前提全称；小前提肯定，形式上绝对可靠，应用也最广。

演绎法对于事物只论概念，不究实质，所以又名形式论理。有三个基本规律，一叫同一律，就是说"甲是甲，不是乙或丙"，一个名词只许表示一种事物，不许有歧义。二叫矛盾律，就是说"甲不是非甲"或"甲是乙，不是非乙"。一个名词既肯定了判断说"是什么"，同时便不能再否定了判断说"非什么"。三叫排中律，就是只许说"甲是乙"或"甲非乙"，不许说"甲是乙或非乙"。对于一个名词只许判断"是"或"非"，不许再有其他中立的判断。这三种规律之中，同一律是最基本的，矛盾律和排中律可以说是同一律的补充。这规律在演绎推理是很重要的，就同一律说，例如"书"字可解作书籍，也可解作《书经》。甲乙两人就"书"作种种辩论，如果甲和乙对于"书"的解释不同，就任何言语都白费了。

第七十一讲　推理方式（二）——归纳

演绎法是以既知的普遍的判断当作大前提，再把这判断应用到个别的事物（小前提）而造出新判断（断案）的。这大前提是从哪里来的？如果对于大前提有疑问的时候将怎样？例如"圣人是要死的"的判断，根据就在大前提"凡人是要死的"。对于这大前提如果有疑问，应该再加证明。证明的方法有两种：

（甲）$\begin{cases}凡生物是要死的。\\ 人是生物。\\ 故人是要死的。\end{cases}$

（乙）$\begin{cases}孔子、秦始皇都死了。\\ 我的祖父祖母也死了。\\ \cdots\cdots\cdots\cdots\\ 他们都是人。\\ 故人是要死的。\end{cases}$

（甲）式仍是演绎法，不过所根据的大前提更普遍了。（乙）式是以个别的事物为根据，得到较普遍的判断，这方式和演绎法显然不同，叫作归纳法。

归纳法可以补演绎法的不足，演绎法的大前提，往往须从归纳法产出。例如"人是要死的"的断案虽可用"凡生物是要死的"做大前提来作演绎的判断，但"凡生物是要死的"这断案，如果再要用演绎法求得证明，就很为难了。结果，只好从各种生物来观察，归纳地作出"生物是要死的"的判断来。

但从另一方面看，归纳所得的判断，如要考查它是否正确，也须演绎地来应用于个别的事物。例如我们已经由归纳得到"生物是要死的"的判断了，这判断如果应用于各个生物——鸡、鸭、桃、柳、张三、李四……发现有不会死的情形的时候，那"生物是要死的"判断就根本不能成立了。

归纳法也有许多规律，最重要的是下面两种：

一、部分现象的搜集须普遍而且没有反例。

二、现象和判断之间有明确的因果关系。

这两种规律，如果都能满足，判断自然不易动摇，坚固可靠。其实只要能满足一种，也就可认为正确的判断了。例如：我们在短短的生涯中，所经验的生物的死去虽不多，也并不知道生物和死有什么因果关系，但不妨说"生物是要死的"。只要没有人能举出一种不死的生物来，这判断就不致发生摇动。又如：火和烟是有因果关系的，我们虽不曾经验到一切的火和烟，但却可判断说，"有火的地方有烟"或"有烟的地方有火"。

下判断时，因果关系的存在和发现，比现象搜集更为重要。只要因果关系明确，即使偶有反例，也不失为可靠的议论。例如：我们常说"都市的住民比乡村的住民敏捷",这判断里显然有着因果的关系,如都市的刺激多,环境复杂,乡间生活清闲平淡等等都是可举的原因。偶然有几个乡村住民比都市住民敏捷的,或偶然有几个都市住民比乡村住民不敏捷的,仍不能推翻原来的判断。因为反例的发生,也许别有原因,可以用别的因果关系来说明的。

第七十二讲　推理方式（三）——辩证

演绎推理只用概念来处理事物，把事物当作独立静止的东西来看，事物本身的变化和相互间的关系是不顾及的。归纳推理所依据的是个别的事例，对于各个事例平等看待，也不能顾到事物本身的变化和事物相互间的变化关系。实际世间的事物是转变流动不息的，事物和事物之间，又互有密切的关系，对于一种事物下判断的时候，如果不把许多的转变流动的实际情形当作条件，那判断就不合实际，等于议论上的游戏。例如我们漫然地说"金钱是有用的"或"金钱是有害的"，都和实际的情形大不相符。实际上"金钱"的"有用"或"有害"，要看金钱的分量，所有者的态度、手腕、使用的方法，以及社会上各种复杂的情形而定，不能一概凭空断言。这样，重视实际条件，不把事物用单纯的概念来处理的推理方式，叫作辩证法。

辩证法也有几个原则，如下：

一是矛盾对立的原则。演绎法立脚于事物的同一，不承认有矛盾。辩证法却以矛盾为出发点。世间事物本来自身含有矛盾，例如：生长和死亡互相对立，生物一天天生长，同时也就一天天近于死亡，生长的意义也要因了死亡才可思维理解。此外如力学上的作用和反作用，数学上的正和负，都是矛盾和对立的好例。

二是量影响到质的原则。一种事物因了量的改变，性质就会变化。例如：把水的温度增至摄氏百度以上就成汽，降至摄氏零度以下就成冰。又如：一张一元纸币在袋中是日常零用，把同样的一元积贮起来到某阶段，就会变成谋利的资本了。

三是否定的否定的原则。世间事物的发展进步，必取否定的否定的顺序。例如：一粒谷子下土到发芽变禾以后，最初的一粒谷子已没有了，这是一个否定。禾到成熟的时候就萎去，所留剩的是一粒粒的新谷，这又是一个否定。否定的否定，是事物发展进步的步骤，社会的变迁的情形也可用这原则来说明。这原则又叫"正反合"，两种互相正反的东西被统一为较高的东西，世间一切进步的根源就在于此。

辩证法的这些原则，只为便于说明起见，并非可作为推理的定律或公式的。因为辩证法的精神，在乎排除静止的孤立的事物观，把事物当作动的连续的进展的东西来看。事物本身的情形是辩证法的，如果抛开了实际事物上的实践，专套用了这些原则去对付事物，结果又会犯堕入空虚的概念的毛病。

关于《国文百八课》

夏丏尊　叶圣陶

这是一部侧重文章形式的书，所选取的文章虽也顾到内容的纯正和性质的变化，但文章的处置全从形式上着眼。

依我们的信念，国文科和别的学科性质不同，除了文法、修辞等部分以外，是拿不出独立固定的材料来的。凡是在白纸上写着黑字的东西，当作文章来阅读、来玩索的时候，什么都是国文科的工作，否则不是。一篇《项羽本纪》是历史科的材料，要当作文章去求理解，去学习章句间的法则的时候，才算是国文科的工作。所以在国文科里读《项羽本纪》，所当着眼的不应只是故事的开端、发展和结局，应是生字难句的理解和文章方法的摄取。读英文的人，如果读了《龟兔竞走》，只记得兔怎样自负，龟怎样努力，结果兔怎样失败，龟怎样胜利等等的故事的内容，而不记得那课文章里的生字、难句，以及向来所未碰到过的文章上的某种方式，那么他等于在听人讲龟兔竞走的故事，并不在学习英文。故事是听不完的，学习英文才是目的，不论国文、英文，凡是学习语言文字如不着眼于形式方面，只在内容上去寻求，结果是劳力多而收获少。竟有许多青年在学校里学过好几年国文，而文章还写不通的。其原因也许就在学习未得要领。他们每日在教室里对着书或油印的文选，听老师讲故事，故事是记得了，而对于那表现故事的方法仍旧茫然，难怪他们表现能力缺乏了。

因此，我们主张把学习国文的目标侧重在形式的讨究，同时主张把材料的范围放宽，洋洋洒洒的富有情趣的材料固然选取，零星的便笺、一条一条的章则、朴实干燥的科学的记述等也选取。

本书在编辑上自信是极认真的，仅仅每课文话话题的写定，就费去了不少的时间。本书预定一百零八课，每课各说述文章上的一个项目。哪些项目需要，哪些项目可略，颇费推敲。至于前后的排列，也大费过心思。

文话的话题决定以后，次之是选文了。文章是多方面的东西，一篇文章可从种种视角来看，也可应用在种种的目标上。例如朱自清的《背影》可以作"随笔"的例，可以作"抒情"的例，可以作"叙述"的例，也可以作"第一人称的立脚点"的例，此外如果和别篇比较对照起来，还可走出各种各样的目标来处置这篇文章。（如和文言文对照起来，就成语体文的例等等。）我们预定的文话项目有一百零八个，就代表着文章知识的一百零八个方面。选文每课两篇，共计二百一十六篇。要把每一篇选文用各种各样的视角去看，使排列成一个系统，既要适合又要有变化，这是一件难得讨好的事，我们在这点上颇费了不少的苦心。

最感麻烦的是文法、修辞的例句的搜集。关于文法和修辞的每一法则，如果凭空造例，或随举前人的文句为例，是很容易的，可是要在限定的几篇选文中去找寻，却比较费事了。我们为了找寻例句，记忆翻检，费尽工夫，非不得已，不自己造句或随取前人文句。

选古今现成的文章作教材，这虽已成习惯，其实并不一定是好方法，尤其是对于初中程度的学生。现代的青年有现代青年的生活，古人所写的文章内容形式固然不合现代青年的需要，就是现代作家所写的文章，写作时也并非以给青年读为目的，何尝能合乎一般青年的需要呢？最理想的方法是依照青年的需要，从青年生活上取题材，分门别类地写出许多文章来，代替选文。

　　我们多年以来，也曾抱有这种理想。这次编辑本书，一时曾思把这理想实现，终于因为下面所说的两个原因中止了。第一，叫青年只读我们一二人的写作，究竟嫌太单调。第二，学习国文的目的，一部分在练习写作，一部分在养成阅读各种文字的能力。一个青年将来必将和各种各样的文字接触，如果只顾到目前情形的适合，对于他们的将来也许是不利的。犹之口味，他们目前虽只配吃甜，将来难免要碰到酸的、苦的、辣的东西。预先把甜、酸、苦、辣都叫他们尝尝，也是合乎教育的意义的事。

　　说虽如此，我们总觉得现成的文章不适合于青年学生。现在已是飞机炸弹的时代了，从《三国志演义》里选出单刀匹马的战争故事叫青年来读，固然不对劲；青年是活泼的，叫他们读现代中年人或老年人所写的感伤的文字，也同样不合理。

　　初中国文科的讲读材料是值得研究的大问题。本书虽因上面所举的两个原因，仍依向来旧习惯，选用古今现成的文章，但自己并不满意。

　　前面讲过，本书是侧重文章形式的，从形式上着眼去处置现成的文章，也许可将内容不适合的毛病减却许多。时下颇有好几种国文课本是以内容分类的。把内容相类似的古今现成文章几篇合成一组，题材关于家庭的合在一处，题材关于爱国的合在一处。这种办法，一方面侵犯了公民科的范围，一方面失去了国文科的立场，我们未敢赞同。

本书每课附有修辞法或文法。修辞法和文法在中国还是新成立的。

修辞法在中国自古就有不少零碎的宝贵遗产，近来有人依靠外国的著作，重新作系统的演述，其中最完整的有陈望道先生的《修辞学发凡》。这是近年来的好书。有了这部书，修辞法上的问题差不多都已头头是道地解决了。我们依据的就是这部书。

至于文法，名著《马氏文通》只是关于文言的，本身也尚有许多可议的地方。白话文法虽也有几个人写过，差不多都是外国文法的改装，不能用来说明中国语言的一切构造。文法一科，可以说尚是有待开垦的荒地，尤其是关于白话方面的。朋友之中，颇有从各部分研究，发现某一类词的某一法则，或某一类句式的构造的新说明的。我们也曾努力于此，偶然有所发现。这些发现都是部分的，离开系统地建设尚远。

本书介绍文法，大体仍沿用马氏及时下文法书的系统，对于部分如有较好的新说者，在不破坏现在的系统条件之下，尽量改用新说（如第一册关于叙述句和说明句的讨论，关于句的成分的排列法的讨论等）。在此青黄不接的时代，我们觉得除此更无妥当的方法了。

本书问世以来，颇得好评。至于缺点，当然难免，我们自己发觉的缺点有一端就是太严整、太系统化了些。本书所采的是直进的编制法，步骤的完密是其长处，平板是其毛病。例如把文章分成记述、叙述、说明、议论四种体裁，按次排列。在有些重视变化兴味的人看来，会觉得平板吧。

但本书是彻头彻尾采取"文章学"的系统的，不愿为了变化兴味自乱其步骤。为补救平板计，也曾于可能的范围内力求变化。例如第三册里所列的大半虽为说明文的材料，但着眼的方面却各自不同。

我们以为杂乱地把文章选给学生读，不论目的何在，是从来国文科教学的大毛病。文章是读不完的，与其漫然地瞎读，究不如定了目标来读。本书每课有一目标。为求目标与目标间的系统完整，有时把变化兴味牺牲亦所不惜。所望使用者一方面认识本书的长处，一方面在可能的时候设法弥补本书的短处。（如临时提供别的新材料等。）

拉杂写了许多话，一部分是我们对于中学国文科教学的私见，想提出来和教学者商量的；一部分是本书编辑上的甘苦之谈。无论做什么事，做的人自己最明白，所谓"冷暖自知"之境者就是。编书的人把关于编书的情形以及书的长处短处，供状似地告诉给读者听，应该是有意义的事，尤其是有多数人使用的教本之类的书。

附录

本书提到的选文选辑

一个小农家的暮

刘半农

她在灶下煮饭，
新砍的山柴，
必必剥剥地响。
灶门里嫣红的火光，
闪着她嫣红的脸，
闪红了她青布的衣裳。
　﹡　　﹡

他含着个十年的烟斗，
慢慢地从田里回来。
屋角里挂上了锄头，
便坐在稻床上，
调弄着只亲人的狗。
他还踱到栏里去，
看一看他的牛，回头向她说，
　"怎样了——我们新酿的酒？"
　﹡　　﹡

门对面青山的顶上，

松树的尖头,

已露出半轮的月亮。

孩子们在场上,看着月,

还数着天上的星:

"一,二,三,四——"

"五,八,六,两——"

他们数,他们唱:

"地上人多心不平,

天上星多月不亮。"

卢参

朱自清

　　卢参在瑞士中部,卢参湖的西北角上。出了车站,一眼就看见那汪汪的湖水和屏风般立着的青山,真有一股爽气扑到人的脸上。与湖连着的是劳斯河,穿过卢参的中间。河上低低的一座古水塔,从前当作灯塔用,这儿称灯塔为"卢采那",有人猜"卢参"这名字就是由此而出。这座塔低得有意思;依傍着一架曲了又曲的旧木桥,倒配了对儿。这架桥带屋顶,像是廊子;分两截,近塔的一截低而窄,那一截却突然高阔起来,仿佛彼此不相干,可是看来还只有一架桥。不远儿另是一架木桥,叫"龛桥",因上有神龛得名,曲曲的,也古。许多对柱子支着桥顶，顶底下每一根横梁上两面各钉着一大幅三角形的木板画，总名"死神的跳舞"。每一幅配搭的人物和死神跳舞的姿态都不相同，意在表现社会上各种人的死法。画笔大约并不算顶好，但这样上百幅的死的图画，看了也就够劲儿。过了河往里去，可以看见城墙的遗迹。墙依山而筑，蜿蜒如蛇；现在却只见一段一段的嵌在住屋之间。但九座望楼还好好的，和水塔一样都是多角锥形；多年的风吹日晒雨淋，颜色是黯淡得很了。

冰河公园也在山上。古代有一个时期北半球全埋在冰雪里，瑞士自然在内。阿尔卑斯山上积雪老是不化，越堆越多。在底下的渐渐地结成冰，最底下的一层渐渐地滑下来，顺着山势，往谷里流去。这就是冰河。冰河移动的时候，遇着夏季，便大量地融化。这样融化下来的一股大水，力量无穷；石头上一个小缝儿，在一个夏天里，可以让冲成深深的大潭。这个叫磨穴。有时大石块被带进潭里去，出不来，便只在那儿跟着水转。起初有棱角，将潭壁上磨了许多道儿；日子多了，棱角慢慢光了，就成了一个大圆球，还是转着。这个叫磨石。冰河公园便以这类遗迹得名。大大小小的石潭，大大小小的石球，现在是安静了，但那粗糙的样子还能教你想见多少万年前大自然的气力。可是奇怪，这些不言不语的顽石居然背着多少万年的历史，比我们人类还老得多多；要没人卓古证今地说，谁相信？这样讲，古诗人慨叹"磊磊涧中石"，似乎也很有些道理在里头了。这些遗迹本来一半埋在乱石堆里，一半埋在草地里，直到一八七二年秋天才偶然间被发现。还发现了两种化石：一种上是些蚌壳，足见阿尔卑斯脚下这一块土原来是滔滔的大海。另一种上是片棕叶，又足见此地本有热带的大森林。这两期都在冰河期前,日子虽然更杳茫,光景却还能在眼前描画得出,但我们人类与那种大自然一比,却未免太微细了。

立矶山在卢参之西,乘轮船去大约要一点钟。去时是个阴天,雨意很浓。四围陡峭的青山的影子冷冷地沉在水里。湖面儿光光的,像大理石一样。上岸的地方叫威兹老,山脚下一座小小的村落,疏疏散散遮遮掩掩的人家,静透了。上山坐火车,只一辆,走得可真慢,虽不像蜗牛,却像牛之至。一边是山,太近了,不好看。一边是湖,是湖上的山;从上面往下看,山像一片一片儿插着,湖也像只有一薄片儿。有时窗外一座大崖石来了,便什么都不见;有时一片树木来了,只好从枝叶的缝儿里张一下。山上和山下一样,静透了,常常听到牛铃儿叮儿当的。牛带着铃儿,为的是跑到那儿都好找。这些牛真有些"不知汉魏",有一回居然挡住了火车;开车的还有山上的人帮着,吆喝了半天,才将它们轰走。但是谁也没有着急,只微微一笑就算了。山高五千九百零五英尺,顶上一块不大的平场。据说在那儿可以看见周围九百里的湖山,至少可以看见九个湖和无数的山峰。可是我们的运气坏,上山后云便越浓起来;到了山顶,什么都裹在云里,几乎连我们自己也在内。在不分远近的白茫茫里闷坐了一点钟,下山的车才来了。

梧桐

李 渔

梧桐一树,是草木中一部编年史也;举世习焉不察,予特表而出之。花木种自何年，为寿几何岁，询之主人，主人不知，询之花木，花木不答。谓之忘年交则可，予以知时达务则不可也。梧桐不然，有节可纪；生一年，纪一年。树有树之年，人即纪人之年；树小而人与之小，树大而人随之大。观树即所以观身。《易》曰："观我生进退。"欲观我生，此其资也。

予垂髫种此，即于树上刻诗以纪念，每岁一节，即刻一诗，惜为兵燹所坏，不克有终。犹记十五岁刻桐诗云：

　　小时种梧桐，桐叶小于艾，
　　簪头刻小诗，字瘦皮不坏。
　　刹那十五年，桐大字亦大；
　　桐字已如许，人大复何怪！
　　还将感叹词，刻向前诗外。
　　顾字日相催，旧字不相待；
　　顾此新旧痕，而为悠忽戒。

此予婴年著作，因说梧桐，偶尔记及，不则竟忘之矣。即此一事，便受梧桐之益。然则编年之说，岂欺人语乎！

五月三十一日急雨中

叶圣陶

从车上跨下，急雨如恶魔的乱箭，立刻打湿了我的长衫。满腔的愤怒，头颅似乎戴着紧紧的铁箍。我走，我奋疾地走。

路人少极了，店铺里仿佛也很少见人影。哪里去了！哪里去了！怕听昨天那样的排枪声，怕吃昨天那样的急射弹，所以如小鼠如蜗牛般蜷伏在家里，躲藏在柜台底下么？这有什么用！你蜷伏，你躲藏，枪声会来找你的耳朵，子弹会来找你的肉体，你看有什么用？

猛兽似的张着巨眼的汽车冲驰而过，泥水溅污我的衣服，也溅及我的项颈，我满腔的愤怒。

一口气赶到"老闸捕房"门前，我想参拜我们的伙伴的血迹，我想用舌头舔尽所有的血迹，咽入肚里。但是，没有了，一点儿没有了！已经给仇人的水龙头冲得光光，已经给烂了心肠的人们踩得光光，更给恶魔的乱箭似的急雨洗得光光！

不要紧，我想。血曾经淌在这块地方，总有渗入这块土里的吧。那就行了。这块土是血的土，血是我们的伙伴的血，还不够是一课严重的功课么？血灌溉着，血滋润着，将会看到血的花开在这里，血的果结在这里。

我注视这块土，全神地注视着，其余什么都不见了，仿佛自己整个儿躯体已经融化在里头。抬起眼睛，那边站着两个巡捕：手枪在他们的腰间；泛红的脸上的肉，深深的颊纹刻在嘴的周围，黄色的睫毛下闪着绿光。似乎在那里狞笑。

手枪，是你么？似乎在那里狞笑的，是你么？

"是的，是的，就是我，你便怎样！"——我仿佛看见无量数的手枪在点头，仿佛听见无量数的张开的大口在那里狞笑。

我舔着嘴唇咽下去，把看见的听见的一齐咽下去，如同咽一块粗糙的石头，一块烧红的铁。我满腔的愤怒。

雨越来越急，风把我的身体卷住，全身湿透了，伞全然不中用。我回转身走刚才来的路，路上有人了。三四个，六七个，显然可见是青布大褂的队伍，中间也有穿洋服的，也有穿各色衫子的短发的女子。他们有的张着伞，大部分却直任狂雨乱泼。

他们的脸使我感到惊异。我从来没有见到过这么严肃的脸，有如昆仑之耸峙；我从来没有见到过这么郁怒的脸，有如雷电之将作。青年的清秀的颜色退隐了，换上了北地壮士的苍劲。他们的眼睛将要冒出焚烧一切的火焰，咬紧的嘴唇里藏着咬得死敌人的牙齿……

佩弦的诗道，"笑将不复在我们唇上！"用来歌咏这许多张脸正适合。他们不复笑，永远不复笑！他们有的是严肃与郁怒，永远是严肃的郁怒的脸。

青布大褂的队伍纷纷投入各家店铺，我也跟着一队跨进一家，记得是布匹庄。我听见他们开口了，差不多掏出整个的心，涌起满腔的血，真挚地热烈地讲着。

他们讲到民族的命运，他们讲到群众的力量，他们讲到反抗的必要；他们不惮郑重叮咛的是"咱们一伙儿"！我感动，我心酸，酸得痛快。

店伙的脸比较地严肃了；他们没有话说，暗暗点头。

我跨出布匹庄。"中国人不会齐心呀！如果齐心，吓，怕什么！"听到这句带有尖刺的话，我回头去看。

是一个三十左右的男子，粗布的短衫露着胸，苍暗的肤色标记他是在露天出卖劳力的。他的眼睛里放射出英雄的光。

不错呀,我想。露胸的朋友,你喊出这样简要精炼的话来,你伟大!你刚强!你是具有解放的优先权者!——我虔敬地向他点头。

但是,恍惚有蓝袍玄褂小髭须的影子在我眼前晃过,玩世的微笑,又仿佛鼻子里轻轻的一声"嗤"。接着又晃过一个袖手的,漂亮的嘴脸,漂亮的衣着,在那里低吟,依稀是"可怜无补费精神"!袖手的幻化了,抖抖地,显出一个瘠瘦的中年人。如鼠的觳觫的眼睛,如兔的颤动的嘴唇,含在喉际,欲吐又不敢吐的是一声"怕……"。

我如受奇耻大辱,看见这种种的魔影,我愤怒地张大眼睛。什么魔影都没有了,只见满街恶魔的乱箭似的急雨。微笑的魔影,漂亮的魔影,惶恐的魔影,我咒诅你们!你们灭绝!你们消亡!永远不存一丝儿痕迹于这块土上!

有淌在路上的血,有严肃的郁怒的脸,有露胸朋友那样的意思,"咱们一伙儿",有救,一定有救,——岂但有救而已。

我满腔的愤怒。再有露胸朋友那样的话在路上吧?我向前走去。

依然是满街恶魔的乱箭似的急雨。

先妣事略

归有光

先妣周孺人,弘治元年二月十一日生。年十六来归。逾年,生女淑静,淑静者大姊也。期而生有光。又期而生女子,殇一人,期而不育者一人。又逾年，生有尚，妊十二月。逾年，生淑顺。一岁，又生有功。

有功之生也，孺人比乳他子加健。然数颦蹙顾诸婢曰："吾为多子苦！"老妪以杯水盛二螺进，曰："饮此后妊不数矣。"孺人举之尽，喑不能言。

正德八年五月二十三日，孺人卒。诸儿见家人泣，则随之泣，然犹以为母寝也，伤哉！于是家人延画工画，出二子命之曰，鼻以上画有光，鼻以下画大姊，以二子肖母也。

孺人讳桂。外曾祖讳明；外祖讳行，太学生；母何氏。世居吴家桥，去县城东南三十里；由千墩浦而南，直港并小桥以东，居人环聚，尽周氏也。外祖与其三兄皆以赀雄；敦尚简实；与人姁姁说村中语，见子弟甥侄无不爱。

孺人之吴家桥则治木棉；入城则缉纑，灯火荧荧，每至夜分。外祖不二日使人问遗。孺人不忧米盐，乃劳苦若不谋夕。冬月炉火炭屑，使婢子为团，累累暴阶下。室靡弃物，家无闲人。儿女大者攀衣，小者乳抱，手中纫缀不辍。户内洒然。遇僮奴有恩，虽至棰楚，皆不忍有后言。吴家桥岁致鱼蟹饼饵，率人人得食。家中人闻吴家桥人至，皆喜。有光七岁，与从兄有嘉入学；每阴风细雨，从兄辄留；有光意恋恋，不得留也。孺人中夜觉寝，促有光暗诵《孝经》。即熟读，无一字龃龉，乃喜。

孺人卒，母何孺人亦卒，周氏家有羊狗之痾，舅母卒，四姨归顾氏又卒，死三十人而定；唯外祖与二舅存。

孺人死十一年，大姊归王三接，孺人所许聘者也。十二年，有光补学官弟子。十六年而有妇，孺人所聘者也。期而抱女，抚爱之，益念孺人，中夜与其妇泣。追唯一二仿佛如昨，馀则茫然矣。世乃有无母之人，天乎痛哉！

闲情记趣

沈 复

余忆童稚时，能张目对日，明察秋毫，见藐小微物，必细察其纹理，故时有物外之趣。夏蚊成雷，私拟作群鹤舞空。心之所向，则成千或百果然鹤也。昂首观之，项为之强。又留蚊于素帐中，徐喷以烟，使其冲烟飞鸣，作青云白鹤观，果如鹤唳云端，怡然称快。于土墙凹凸处，花台小草丛杂处，常蹲其身，使与台齐；定神细视，以丛草为林，以虫蚁为兽，以土砾凸者为邱，凹者为壑，神游其中，怡然自得。

及长，爱花成癖，喜剪盆树。识张兰坡，始精剪枝养节之法，继悟接花叠石之法。花以兰为最，取其幽香韵致也，而瓣品之稍堪入谱者不可多得。兰坡临终时，赠余荷瓣素心春兰一盆，皆肩平心阔，茎细瓣净，可以入谱者，余珍如拱璧。值余幕游于外，芸能亲为灌溉，花叶颇茂。不二年，一旦忽萎死。起根视之，皆白如玉，且兰芽勃然，初不可解，以为无福消受，浩叹而已。事后始悉有人欲分不允，故用滚汤灌杀也。从此誓不植兰。次取杜鹃，虽无香而色可久玩，且易剪裁，以芸惜枝怜叶，不忍畅剪，故难成树。其他盆玩皆然。惟每年篱东菊绽，秋兴成癖。喜摘插瓶，不爱盆玩。非盆玩不足观，以家无园圃，不能自植；货于市者，俱丛杂无致，故不取耳。其插花朵，数宜单，不宜双。每瓶取一种不取二色，瓶口取阔大不取窄小，阔大者舒展不拘。自五七花至三四十花，必于瓶口中一丛怒起，以不散慢，不挤轧，不靠瓶口为妙，所谓"起把宜紧"也。或亭亭玉立，或飞舞横斜。花取参差，间以花蕊，以免飞钹耍盘之病。叶取不乱，梗取不强。用针宜藏，针长宁断之，毋令针针露梗，所谓"瓶口宜清"也。视桌之大小，一桌三瓶至七瓶而止，多则眉目不分，即同市井之菊屏矣。几之高低，自三四寸至二尺五六寸而止，必须参差高下互相照应，以气势联络为上。若中高两低，后高前低，成排对列，又犯俗所谓"锦灰堆"矣。或密或疏，或进或出，全在会心者得画意乃可。若盆碗盘洗，用漂青松香榆皮面和油，先熬以稻灰收成胶，以铜片按钉向上，将膏火化黏铜片于盘碗盆洗中。俟冷，将花用铁丝扎把，插于钉上，宜斜偏取势，不可居中，更宜枝疏叶清，不可拥挤；然后加水，用碗沙少许掩铜片，使观者疑丛花生于碗底方妙。若以木本花果插瓶，剪裁之法（不能色色自觅，倩人攀折者每不合意），必先执在手中，横斜以观其势，反侧以取其态。相定之后，剪去杂枝，以疏瘦古怪为佳。再思其梗如何入瓶，或折成曲，插入瓶口，方免背叶侧花之患。若一枝到手，先拘定其梗之直者插瓶中，势必枝乱梗强，花侧叶背，既难取态更无韵致矣。折梗打曲之法，锯其梗之半而嵌以砖石，则直者曲矣。如患梗倒，敲一二钉以管之，即枫叶竹枝，乱草荆棘，均堪入选。或绿竹一竿配以枸杞数粒，几茎细草伴以荆棘两枝，苟位置得宜，另有世外之趣。若新栽花木，不妨歪斜取势，听其叶侧，一年后枝叶自能向上。如树树直栽，即难取势矣。至剪裁盆树，先取根露鸡爪者，左右剪成三节，然后起枝。一枝一节，七枝到顶，或九枝到顶。枝忌对节如肩臂，节忌臃肿如鹤膝。须盘旋出枝，不可光留左右。以避赤胸露背之病。又不可前后直出。有名双起三起者，一根而起两三树也。如根无爪形，便成插树，故不取。然一树剪成，至少得三四十年。余生平仅见我乡万翁名彩章者，一生剪成数树。又在扬州商家见有虞山游客携送黄杨翠柏各一盆，惜乎明珠暗投，余未见其可也。若留枝盘如宝塔，扎枝曲如蚯蚓者，便成匠气矣。点缀盆中花石，小景可以入画，大景可以入神。一瓯清茗，神能趋入其中，方可供幽斋之玩。种水仙无灵璧石，余尝以炭之有石意者代之。黄芽菜心其白如玉，取大小五七枝，用沙土植长方盆内，以炭代石，黑白分明，颇有意思。以此类推，幽趣无穷，难以枚举。如石菖蒲结子，用冷米汤同嚼喷炭上，置阴湿地，能长细菖蒲；随意移养盆碗中，茸茸可爱。以老莲子磨薄两头，入蛋壳使鸡翼之，俟雏成取出，用久年燕巢泥加天门冬十分之二，捣烂拌匀，植于小器中，灌以河水，晒以朝阳；花发大如酒杯，叶缩如碗口，亭亭可爱。

若夫园亭楼阁，套室回廊，叠石成山，栽花取势，又在大中见小，小中见大，虚中有实，实中有虚，或散或露，或浅或深，不仅在迂回曲折四字，又不在地广石多徒烦工费。或掘地堆土成山，间以块石，杂以花草，篱用梅编，墙以藤引，则无山而成山矣。大中见小者，散漫处植易长之竹，编易茂之梅以屏之。小中见大者，窄院之墙宜凹凸其形，饰以绿色，引以藤蔓，嵌大石，凿字作碑记形，推窗如临石壁，便觉峻峭无穷。虚中有实者，或山穷水尽处，一折而豁然开朗，或轩阁设厨处，一开而可通别院。实中有虚者，开门于不通之院，映以竹石，如有实无也；设矮栏于墙头，如上有月台，而实虚也。贫士屋少人多，当仿吾乡太平船后梢之位置，再加转移其间。台级为床，前后借凑，可作三榻，间以板而裱以纸，则前后上下皆越绝。譬之如行长路，即不觉其窄矣。余夫妇乔寓扬州时，曾仿此法，屋仅两椽，上下卧房，厨灶客座皆越绝，而绰然有馀。芸曾笑曰："位置虽精，终非富贵家气象也。"是诚然欤？

余扫墓山中，检有峦纹可观之石。归与芸商曰："用油灰叠宣州石于白石盆，取色匀也。本山黄石虽古朴，亦用油灰，则黄白相间，凿痕毕露，将奈何？"芸曰："择石之顽劣者，捣末于灰痕处，乘湿掺之，干或色同也。"乃如其言，用宜兴窑长方盆叠起一峰，偏于左而凸于右，背作横方纹，如云林石法，巉岩凹凸，若临江石矶状。虚一角，用河泥种千瓣白萍。石上植茑萝，俗呼云松。经营数日乃成。至深秋，茑萝蔓延满山，如藤萝之悬石壁。花开正红色。白萍亦透水大放。红白相间，神游其中，如登蓬岛。置之檐下与芸品题：此处宜设水阁，此处宜立茅亭，此处宜凿六字曰"落花流水之间"，此可以居，此可以钓，此可以眺，胸中邱壑若将移居者然。一夕，猫奴争食自檐而堕，连盆与架顷刻碎之。余叹曰："即此小经营，尚干造物忌耶！"两人不禁泪落。

静室焚香，闲中雅趣。芸尝以沉速等香，于饭镬蒸透，在炉上设一铜丝架，离火半寸许，徐徐烘之；其香幽韵而无烟。佛手忌醉鼻嗅，嗅则易烂。木瓜忌出汗，汗出，用水洗之。惟香圆无忌。佛手木瓜亦有供法，不能笔宣。每有人将供妥者随手取嗅，随手置之，即不知供法者也。

　　余闲居，案头瓶花不绝。芸曰："子之插花能备风晴雨露，可谓精妙入神；而书中有草虫一法，盍仿而效之。"余曰："虫踯躅不受制，焉能仿效？"芸曰："有一法，恐作俑罪过耳。"余曰："试言之。"曰："虫死色不变。觅螳螂蝉蝶之属，以针刺死，用细丝扣虫项系花草间，整其足，或抱梗，或踏叶，宛然如生，不亦善乎？"余喜，如其法行之，见者无不称绝。求之闺中，今恐未必有此会心者矣。

　　余与芸寄居锡山华氏，时华夫人以两女从芸识字。乡居院旷，夏日逼人。芸教其家作活花屏，法甚妙。每屏一扇，用木梢二枝约长四五寸，作矮条凳式，虚其中，横四挡，宽一尺许，四角凿圆眼，插竹编方眼。屏约高六七尺，用砂盆种扁豆置屏中，盘延屏上，两人可移动。多编数屏，随意遮拦，恍如绿阴满窗，透风蔽日，迂回曲折，随时可更；故曰活花屏。有此一法，即一切藤本香草随地可用。此真乡居之良法也。

　　友人鲁半舫名璋，字春山，善写松柏或梅菊，工隶书，兼工铁笔。余寄居其家之萧爽楼，一年有半。楼共五椽，东向，余居其三。晦明风雨，可以远眺。庭中木犀一株，清香撩人。有廊有厢，地极幽静。移居时，有一仆一妪，并挈其小女来。仆能成衣，妪能纺绩，于是芸绣，妪绩，仆则成衣，以供薪水。余素爱客，小酌必行令。芸善不费之烹庖，瓜蔬鱼虾一经芸手，便有意外味。同人知余贫，每出杖头钱，作竟日叙。余又好洁，地无纤尘，且无拘束，不嫌放纵。时有杨补凡名昌绪，善人物写真；袁少迂名沛，工山水；王星澜名岩，工花卉翎毛；爱萧爽楼幽雅，皆携画具来，余则从之学画，写草篆，镌图章。加以润笔，交芸备茶酒供客。终日品诗论画而已。更有夏淡安揖山两昆季，并缪山音知白两昆季，及蒋韵香、陆橘香、周啸霞、郭小愚、华杏帆、张闲酣诸君子，如梁上之燕，自去自来。芸则拔钗沽酒，不动声色，良辰美景，不放轻过。今则天各一方，风流云散，兼之玉碎香埋，不堪回首矣！

杨补凡为余夫妇写载花小影，神情确肖。是夜月色颇佳，兰影上粉墙，别有幽致。星澜醉后兴发曰："补凡能为君写真，我能为花图影。"余笑曰："花影能如人影否？"星澜取素纸铺于墙，即就兰影，用墨浓淡图之。日间取视，虽不成画，而花叶萧疏，自有月下之趣。芸甚宝之。各有题咏。

苏城有南园北园二处，菜花黄时，苦无酒家小饮，携盒而往，对花冷饮，殊无意味。或议就近觅饮者，或议看花归饮者，终不如对花热饮为快。众议未定。芸笑曰："明日但各出杖头钱，我自担炉火来。"众笑曰："诺。"众去，余问曰："卿果自往乎？"芸曰："非也。妾见市中卖馄饨者，其担锅灶无不备，盍雇之而往。妾先烹调端整，到彼处再一下锅。茶酒两便。"余曰："酒菜固便矣。茶乏烹具。"芸曰："携一砂罐去，以铁叉串罐柄，去其锅，悬于行灶中,加柴火煎茶,不亦便乎？"余鼓掌称善。街头有鲍姓者,卖馄饨为业,以百钱雇其担,约以明日午后。鲍欣然允议。明日看花者至,余告以故,众咸叹服。饭后同往,并带席垫,至南园,择柳阴下团坐。先烹茗,饮毕,然后暖酒烹肴。是时风和日丽,遍地黄金,青衫红袖,越阡度陌,蝶蜂乱飞,令人不饮自醉。既而酒肴俱熟,坐地大嚼。担者颇不俗,拉与同饮。游人见之莫不羡为奇想。杯盘狼藉,各已陶然,或坐或卧,或歌或啸。红日将颓,余思粥,担者即为买米煮之果腹而归。芸问曰："今日之游乐乎？"众曰："非夫人之力不及此。"大笑而散。

  贫士起居服食,以及器皿房舍,宜省俭而雅洁。省俭之法,曰"就事论事"。余爱小饮,不喜多菜。芸为置一梅花盒,用二寸白磁深碟六只,中置一只,外置五只,用灰漆就,其形如梅花。底盖均起凹楞,盖之上有柄如花蒂,置之案头,如一朵墨梅覆桌；启盖视之,如菜装于花瓣中。一盒六色,二三知己可以随意取食。食完再添。另做矮边圆盘一只,以便放杯箸酒壶之类,随处可摆,移掇也便。即食物省俭之一端也。余之小帽领袜皆芸自做。衣之破者移东补西,必整必洁,色取暗淡以免垢迹,既可出客,又可家常。此又服饰省俭之一端也。初至萧爽楼中嫌其暗,以白纸糊壁,遂亮。夏月楼下去窗,无阑干,觉空洞无遮拦。芸曰："有旧竹帘在,何不以帘代栏？"余曰："如何？"芸曰："用竹数根黝黑色,一竖一横留出走路。截半帘搭在横竹上,垂至地,高与桌齐。中竖短竹四根,用苏线扎定,然后于横竹搭帘处,寻旧黑布条,连横竹裹缝之。既可遮拦饰观,又不费钱。"此就事论事之一法也。以此推之,古人所谓竹头木屑皆有用,良有以也。

夏月荷花初开时,晚含而晓放。芸用小纱囊撮茶叶少许,置花心。明早取出,烹天泉水泡之,香韵尤绝。

画家

周作人

可惜我并非画家,
不能将一枝毛笔,
写出许多情景。——
　　两个赤脚的小儿,
立在溪边滩上,
打架完了,
还同筑烂泥的小堰。
　　车外整天的秋雨,
靠窗望见许多圆笠,——
男的女的都在水田里,
赶忙着分种碧绿的稻秧。
　　小胡同口
放着一副菜担,——
满担是青的红的萝卜,

白的菜，紫的茄子；

卖菜的人立着慢慢地叫卖。

　　初寒的早晨，

马路旁边，靠着沟口，

一个黄衣服蓬头的人，

坐着睡觉，——

屈了身子，几乎叠作两折。

看他背后的曲线，

历历地显出生活的困倦。

　　这种种平凡的真实印象，

永久鲜明地留在心上；

可惜我并非画家，

不能用这枝毛笔，

将他明白写出。

新教师的第一堂课

(日本) 田山花袋　　夏丏尊译

在将要上课的时间以前，校长把学生召集到第一教室里，立在讲桌旁介绍新教员给学生：

"这回新请了这位×先生到学校里来教你们的课。×先生是××地方人，中学校出身。这个很好的先生，大家要好好地听从了学习啊！"

学生们见先生立在校长旁边微低了头，红着脸，颇有些难以为情的样子。大家只是静听校长的介绍辞。

下一点钟，新先生就在第三教室的教桌前面出现了。教室中很整齐地排坐着十二三岁的高级部学生，正在喊喊喳喳地说着什么，等先生进来，就一起把眼光移到他的身上，寂然无声了。

新先生走到教桌旁，坐下椅子去，脸孔仍是红红的。他带着一册读本，在桌上俯了头只管把书翻来翻去。

讲台下这里那里地发出微细的说话声。

教室门上的玻璃因尘埃已呈灰色，太阳黄黄地射着，喜鹊在门外反复哢叫，笨重的车声轧轧传来。

贴邻的教室里开始传出女教员的细而且尖的声音。

过了一会，新先生似乎已起了决心，把头抬起了。他那头发蓬松，阔额浓眉的脸孔上似乎现出着一种努力。

"从第几课起？"

这声音全教室的学生都听见。

"从第几课起？"他反复着说，"教到什么地方了？"

他这样说时，红色已从脸上褪去了。

回答声这里那里地起来。他依了学生的话把读本的某一页翻开。这时初上讲台的苦痛好像已大部消去。"反正已非教书不可，除了在这上努力以外更无别法，人家怎样说，怎样想，哪里管得许多。"他这样思忖，心里宽松起来了。

"那末，就从此开始吧。"

新先生开始把第六课来读。

学生听到快速而流畅的声音，比起那个前任老年教师的低微得像蜂叫的毫无活气的读音来，差得很远。可是那声音毕竟太快，学生们的耳朵里有许多来不及留住。学生们不看书，只管看着先生。

"怎样？听得懂吗？"

"请读得慢些。"

许多声音从许多地方起来。第二次读的时候，他注意了慢慢地读。

"怎样？这样读可懂得吗？"他露出了笑容，毫不生疏地说。

"先生！这回懂得了。"

"再比这快些也不要紧。"

学生有的这样说，有的那样说。

"从前的先生读几次？两次？三次？"

"两次。"

"读两次。"

这样的回答声纷纷地起来。

"那末已经可以了。"他因学生天真烂漫的光景引起了兴致，"可是，第一次读得太快了，再补读一次吧。请大家好好地听着。"

这次读得更明白，不快也不慢。

他叫会读的学生举手，叫坐在前列的白面可爱的孩子试读。学生有会读的，也有不会读的。他把文章中的难字摘写在黑板上，一步一步地叫学生懂。遇到较难的字，特别圈点，在旁边给加上注音符号。初上讲台的痛苦不知不觉消除得如拭去一样，"只要干，就干得来"，他心中涌起了这样的快感。

时间已到，钟声响了。

词四首

李 煜

虞美人

春花秋月何时了？往事知多少！小楼昨夜又东风，故国不堪回首月明中！雕阑玉砌应犹在，只是朱颜改。问君能有几多愁，恰似一江春水向东流。

浪淘沙

帘外雨潺潺，春意阑珊。罗衾不耐五更寒。梦里不知身是客，一晌贪欢。　独自莫凭阑，无限江山。别时容易见时难。流水落花春去也，天上人间。

清平乐

别来春半，触目愁肠断。砌下落梅如雪乱，拂了一身还满。　雁来音信无凭，路遥归梦难成。离恨恰如春草，更行更远还生。

相见欢

无言独上西楼，月如钩。寂寞梧桐深院锁清秋。　剪不断，理还乱，是离愁。别是一般滋味在心头。

图画

蔡元培

吾人视觉之所得，皆面也；赖肤觉之助，而后见为体。建筑、雕刻，体面互见之美术也。其有舍体而取面，而于面之中仍含有体之感觉者，为图画。

体之感觉何自起？曰起于远近之比例、明暗之掩映。西人更益以绘影、写光之法，而景状益近于自然。

图画之内容：曰人，曰动物，曰植物，曰宫室，曰山水，曰宗教，曰历史，曰风俗。既视建筑、雕刻为繁复，而又含有音乐及诗歌之意味，故感人尤深。

图画之设色者用水彩，中外所同也；而西人更有油画，始于"文艺中兴"时代之意大利，迄今盛行，其不设色者，曰水墨，以墨笔为浓淡之烘染者也；曰白描，以细笔钩勒形廓者也。不设色之画，其感人也，纯以形式及笔势；设色之画，其感人也，于形式、笔势以外，兼用激刺。

中国画家自临摹旧作入手；西洋画家自描写实物入手。故中国之画，自肖像而外，多以意构；虽名山水之图，亦多以记忆所得者为之。西人之画，则人物必有概范，山水必有实景；虽理想派之作，亦先有所本，乃增损而润色之。

中国之画，与书法为缘，而多含文学之趣味；西人之画，与建筑、雕刻为缘，而佐以科学之观察、哲学之思想。故中国之画以气韵胜，善画者多工书而能诗；西人之画以技能及义蕴胜，善画者或兼建筑、图画二术，而图画之发达常与科学及哲学相随焉。中国之图画术，托始于虞、夏，备于唐而极盛于宋；其后为之者较少，而名家亦复辈出。西洋之图画术，托始于希腊，发展于十四、十五世纪，极盛于十六世纪。近三世纪，则学校大备，画人伙颐，而标新领异之才亦时出于其间焉。

名家美文精选

精选名家经典散文、小说、诗歌等，共 36 篇。

北方的冬天是冬天

徐志摩

北方的冬天是冬天,

满眼黄沙漠漠的地与天;

赤膊的树枝,硬搅着北风先——

一队队敢死的健儿,傲立在战阵前!

不留半片残青,没有一丝粘恋,

只拼着精光的筋骨;凝敛着生命的精液,

耐,耐三冬的霜鞭与雪拳与风剑,

直耐到春阳征服了消杀与枯寂与凶惨,

直耐到春阳打开了生命的牢监,放出一瓣的树头鲜!

直耐到忍耐的奋斗功效见,健儿克敌回家酣笑颜!

北方的冬天是冬天!

满眼黄沙茫茫的地与天;

田里一只困顿的黄牛,

西天边画出几线的悲鸣雁。

杭州车中

徐志摩

匆匆匆!催催催!
一卷烟,一片山,几点云影;
一道水,一条桥,一支橹声;
一林松,一丛竹,红叶纷纷:
艳色的田野,艳色的秋景,
梦境似的分明,模糊,消隐,——
催催催!是车轮还是光阴?
催老了秋容,催老了人生!

朝雾里的小草花

徐志摩

这岂是偶然，小玲珑的野花！
你轻含着鲜露颗颗，
怦动的，像是慕光明的花蛾，
在黑暗里想念焰彩，晴霞。
我此时在这蔓草丛中过路，
无端的内感，惆怅与惊讶，
在这迷雾里，在这岩壁下，
思忖着，泪怦怦的，人生与鲜露？

偶然

徐志摩

我是天空里的一片云,

偶尔投影在你的波心——

你不必讶异,

更无须欢喜——

在转瞬间消灭了踪影。

你我相逢在黑夜的海上,

你有你的,我有我的,方向;

你记得也好,

最好你忘掉,

在这交会时互放的光亮!

泰山日出

徐志摩

我们在泰山顶上看出太阳。在航过海的人,看太阳从地平线下爬上来,本不是奇事;而且我个人是曾饱饫过江海与印度洋无比的日彩的。但在高山顶上看日出,尤其在泰山顶上,我们无餍的好奇心,当然盼望一种特异的境界,与平原或海上不同的。果然,我们初起时,天还暗沉沉的,西方是一片的铁青,东方些微有些白意,宇宙只是——如用旧词形容——一体莽莽苍苍的。但这是我一面感觉劲烈的晓寒,一面睡眼不曾十分醒豁时约略的印象。等到留心回览时,我不由得大声的狂叫——因为眼前只是一个见所未见的境界。原来昨夜整夜暴风的工程,却砌成一座普遍的云海。除了日观峰与我们所在的玉皇顶以外,东西南北只是平铺着弥漫的云气,在朝旭未露前,宛似无量数厚毳长绒的绵羊,交颈接背的眠着,卷耳与弯角都依稀辨认得出。那时候在这茫茫的云海中,我独自站在雾霭溟蒙的小岛上,发生了奇异的幻想——

我躯体无限地长大,脚下的山峦比例我的身量,只是一块拳石;这巨人披着散发,长发在风里像一面墨色的大旗,飒飒的在飘荡。这巨人竖立在大地的顶尖上,仰面向着东方,平拓着一双长臂,在盼望,在迎接,在催促,在默默地叫唤;在崇拜,在祈祷,在流泪——

在流久慕未见而将见悲喜交互的热泪……

这泪不是空流的，这默祷不是不生显应的。

巨人的手，指向着东方——

东方有的，在展露的，是什么？

东方有的是瑰丽荣华的色彩，东方有的是伟大普照的光明——出现了，到了，在这里了……

玫瑰汁，葡萄浆，紫荆液，玛瑙精，霜枫叶——大量的染工，在层累的云底工作；无数蜿蜒的鱼龙，爬进了苍白色的云堆。

一方的异彩，揭去了满天的睡意，唤醒了四隅的明霞——光明的神驹，在热奋地驰骋……

云海也活了；眠熟了兽形的涛澜，又回复了伟大的呼啸，昂头摇尾地向着我们朝露染青馒形的小岛冲洗，激起了四岸的水沫浪花，震荡着这生命的浮礁，似在报告光明与欢欣之临莅……

再看东方——海句力士已经扫荡了他的阻碍，雀屏似的金霞，从无垠的肩上产生，展开在大地的边沿。起……起……用力，用力。纯焰的圆颅，一探再探地跃出了地平，翻登了云背，临照在天空……

歌唱呀，赞美呀，这是东方之复活，这是光明的胜利……

散发祷祝的巨人，他的身彩横亘在无边的云海上，已经渐渐地消翳在普遍的欢欣里；现在他雄浑的颂美的歌声，也已在霞采变幻中，普彻了四方八隅……

听呀，这普彻的欢声；看呀，这普照的光明！

翡冷翠山居闲话

徐志摩

在这里出门散步去,上山或是下山,在一个晴好的五月的向晚,正像是去赴一个美的宴会,比如去一果子园,那边每株树上都是满挂着诗情最秀逸的果实,假如你单是站着看还不满意时,只要你一伸手就可以采取,可以恣尝鲜味,足够你性灵的迷醉。阳光正好暖和,决不过暖;风息是温驯的,而且往往因为他是从繁花的山林里吹度过来他带来一股幽远的淡香,连着一息滋润的水汽,摩挲着你的颜面,轻绕着你的肩腰,就这单纯的呼吸已是无穷的愉快;空气总是明净的,近谷内不生烟,远山上不起霭,那美秀风景的全部正像画片似的展露在你的眼前,供你闲暇的鉴赏。

作客山中的妙处,尤在你永不须踌躇你的服色与体态;你不妨摇曳着一头的蓬草,不妨纵容你满腮的苔藓;你爱穿什么就穿什么;扮一个牧童,扮一个渔翁,装一个农夫,装一个走江湖的桀卜闪,装一个猎户;你再不必提心整理你的领结,你尽可以不用领结,给你的颈根与胸膛一半日的自由,你可以拿一条这边颜色的长巾包在你的头上,学一个太平军的头目,或是拜伦那埃及装的姿态;但最要紧的是穿上你最旧的旧鞋,别管他模样不佳,他们是顶可爱的好友,他们承着你的体重却不叫你记起你还有一双脚在你的底下。

这样的玩顶好是不要约伴，我竟想严格地取缔，只许你独身；因为有了伴多少总得叫你分心，尤其是年轻的女伴，那是最危险最专制不过的旅伴，你应得躲避她像你躲避青草里一条美丽的花蛇！平常我们从自己家里走到朋友的家里，或是我们执事的地方，那无非是在同一个大牢里从一间狱室移到另一间狱室去，拘束永远跟着我们，自由永远寻不到我们；但在这春夏间美秀的山中或乡间你要是有机会独身闲逛时，那才是你福星高照的时候，那才是你实际领受，亲口尝味，自由与自在的时候，那才是你肉体与灵魂行动一致的时候；朋友们，我们多长一岁年纪往往只是加重我们头上的枷，加紧我们脚胫上的链，我们见小孩子在草里在沙堆里在浅水里打滚作乐，或是看见小猫追他自己的尾巴，何尝没有羡慕的时候，但我们的枷，我们的链永远是制定我们行动的上司！所以只有你单身奔赴大自然的怀抱时，像一个裸体的小孩扑入他母亲的怀抱时，你才知道灵魂的愉快是怎样的，单是活着的快乐是怎样的，单就呼吸单就走道单就张眼看耸耳听的幸福是怎样的。因此你得严格地为己，极端地自私，只许你，体魄与性灵，与自然同在一个脉搏里跳动，同在一个音波里起伏，同在一个神奇的宇宙里自得。我们浑朴的天真是像含羞草似的娇柔，一经同伴的抵触，他就卷了起来，但在澄静的日光下，和风中，他的恣态是自然的，他的生活是无阻碍的。

　　你一个人漫游的时候，你就会在青草里坐地仰卧，甚至有时打滚，因为草的和暖的颜色自然地唤起你童稚的活泼；在静僻的道上你就会不自主地狂舞，看着你自己的身影幻出种种诡异的变相，因为道旁树木的阴影在他们纡徐的婆娑里暗示你舞蹈的快乐；你也会得信口的歌唱，偶尔记起断片的音调，与你自己随口的小曲，因为树林中的莺燕告诉你春光是应得赞美的；更不必说你的胸襟自然会跟着曼长的山径开拓，你的心地会看着澄蓝的天空静定，你的思想和着山壑间的水声，山罅里的泉响，有时一澄到底的清澈，有时激起成章的波动，流，流，流入凉爽的橄榄林中，流入妩媚的阿诺河去……

并且你不但不须应伴，每逢这样的游行，你也不必带书。书是理想的伴侣，但你应得带书，是在火车上，在你住处的客室里，不是在你独身漫步的时候。什么伟大的深沉的鼓舞的清明的优美的思想的根源不是可以在风籁中，云彩里，山势与地形的起伏里，花草的颜色与香息里寻得？自然是最伟大的一部书，葛德说，在他每一页的字句里我们读得最深奥的消息。并且这书上的文字是人人懂得的；阿尔帕斯与五老峰，雪西里与普陀山，来因河与扬子江，梨梦湖与西子湖，建兰与琼花，杭州西溪的芦雪与威尼市夕照的红潮，百灵与夜莺，更不提一般黄的黄麦，一般紫的紫藤，一般青的青草同在大地上生长，同在和风中波动——他们应用的符号是永远一致的，他们的意义是永远明显的，只要你自己心灵上不长疮瘢，眼不盲，耳不塞，这无形迹的最高等教育便永远是你的名分，这不取费的最珍贵的补剂便永远供你的受用；只要你认识了这一部书，你在这世界上寂寞时便不寂寞，穷困时不穷困，苦恼时有安慰，挫折时有鼓励，软弱时有督责，迷失时有南针。

一九二五年六月作

一件小事

鲁迅

我从乡下跑进京城里,一转眼已经六年了。其间耳闻目睹的所谓国家大事,算起来也很不少;但在我心里,都不留什么痕迹,倘要我寻出这些事的影响来说,便只是增长了我的坏脾气,——老实说,便是教我一天比一天的看不起人。

但有一件小事,却于我有意义,将我从坏脾气里拖开,使我至今忘记不得。这是民国六年的冬天,大北风刮得正猛,我因为生计关系,不得不一早在路上走。一路几乎遇不见人,好不容易才雇定了一辆人力车,教他拉到S门去。不一会,北风小了,路上浮尘早已刮净,剩下一条洁白的大道来,车夫也跑得更快。刚近S门,忽而车把上带着一个人,慢慢地倒了。跌倒的是一个女人,花白头发,衣服都很破烂。伊从马路边上突然向车前横截过来;车夫已经让开道,但伊的破棉背心没有上扣,微风吹着,向外展开,所以终于兜着车把。幸而车夫早有点停步,否则伊定要栽一个大觔斗,跌到头破血出了。

伊伏在地上;车夫便也立住脚。我料定这老女人并没有伤,又没有别人看见,便很怪他多事,要自己惹出是非,也误了我的路。

我便对他说:"没有什么的。走你的罢!"

车夫毫不理会,——或者并没有听到,——却放下车子,扶那老女人慢慢起来，搀着臂膊立定，问伊说："您怎么啦？"

"我摔坏了。"

我想，我眼见你慢慢倒地，怎么会摔坏呢，装腔作势罢了，这真可憎恶。车夫多事，也正是自讨苦吃，现在你自己想法去。

车夫听了这老女人的话，却毫不踌躇，仍然搀着伊的臂膊，便一步一步地向前走。我有些诧异，忙看前面，是一所巡警分驻所，大风之后，外面也不见人。这车夫扶着那老女人，便正是向那大门走去。

我这时突然感到一种异样的感觉，觉得他满身灰尘的后影，刹时高大了，而且愈走愈大，须仰视才见。而且他对于我，渐渐地又几乎变成一种威压，甚而至于要榨出皮袍下面藏着的"小"来。

我的活力这时大约有些凝滞了，坐着没有动，也没有想，直到看见分驻所里走出一个巡警，才下了车。

巡警走近我说："你自己雇车罢，他不能拉你了。"

我没有思索的从外套袋里抓出一大把铜元，交给巡警，说："请你给他……"风全住了，路上还很静。我走着，一面想，几乎怕敢想到我自己。以前的事姑且搁起，这一大把铜元又是什么意思？奖他么？我还能裁判车夫么？我不能回答自己。

这事到了现在，还是时时记起。我因此也时时熬了苦痛，努力地要想到我自己。几年来的文治武力，在我早如幼小时候所读过的"子曰诗云"一般，背不上半句了。独有这一件小事，却总是浮在我眼前，有时反更分明，教我惭愧，催我自新，并且增长我的勇气和希望。

一九二〇年七月

秋夜

鲁迅

在我的后园，可以看见墙外有两株树，一株是枣树，还有一株也是枣树。

这上面的夜的天空，奇怪而高，我生平没有见过这样的奇怪而高的天空。他仿佛要离开人间而去，使人们仰面不再看见。然而现在却非常之蓝，闪闪地䀹着几十个星星的眼，冷眼。他的口角上现出微笑，似乎自以为大有深意，而将繁霜洒在我的园里的野花草上。

我不知道那些花草真叫什么名字，人们叫他们什么名字。我记得有一种开过极细小的粉红花，现在还开着，但是更极细小了，她在冷的夜气中，瑟缩地做梦，梦见春的到来，梦见秋的到来，梦见瘦的诗人将眼泪擦在她最末的花瓣上，告诉她秋虽然来，冬虽然来，而此后接着还是春，胡蝶乱飞，蜜蜂都唱起春词来了。她于是一笑，虽然颜色冻得红惨惨地，仍然瑟缩着。

枣树，他们简直落尽了叶子。先前，还有一两个孩子来打他们别人打剩的枣子，现在是一个也不剩了，连叶子也落尽了。他知道小粉红花的梦，秋后要有春；他也知道落叶的梦，春后还是秋。他简直落尽叶子，单剩干子，然而脱了当初满树是果实和叶子时候的弧形，欠伸得很舒服。但是，有几枝还低亚着，护定他从打枣的竿梢所得的皮伤，而最直最长的几枝，却已默默地铁似的直刺着奇怪而高的天空，使天空闪闪地鬼䀹眼；直刺着天空中圆满的月亮，使月亮窘得发白。

鬼䀹眼的天空越加非常之蓝，不安了，仿佛想离去人间，避开枣树，只将月亮剩下。然而月亮也暗暗地躲到东边去了。而一无所有的干子，却仍然默默地铁似的直刺着奇怪而高的天空，一意要制他的死命，不管他各式各样地䀹着许多蛊惑的眼睛。

哇的一声，夜游的恶鸟飞过了。我忽而听到夜半的笑声，吃吃地，似乎不愿意惊动睡着的人，然而四围的空气都应和着笑。夜半，没有别的人，我即刻听出这声音就在我嘴里，我也即刻被这笑声所驱逐，回进自己的房。灯火的带子也即刻被我旋高了。

后窗的玻璃上丁丁地响，还有许多小飞虫乱撞。不多久，几个进来了，许是从窗纸的破孔进来的。他们一进来，又在玻璃的灯罩上撞得丁丁地响。一个从上面撞进去了，他于是遇到火，而且我以为这火是真的。两三个却休息在灯的纸罩上喘气。那罩是昨晚新换的罩，雪白的纸，折出波浪纹的叠痕，一角还画出一枝猩红色的栀子。

猩红的栀子开花时，枣树又要做小粉红花的梦，青葱地弯成弧形了……我又听到夜半的笑声；我赶紧砍断我的心绪，看那老在白纸罩上的小青虫，头大尾小，向日葵子似的，只有半粒小麦那么大，遍身的颜色苍翠得可爱，可怜。

我打一个呵欠，点起一支纸烟，喷出烟来，对着灯默默地敬奠这些苍翠精致的英雄们。

一九二四年九月十五日

雪

鲁迅

暖国的雨，向来没有变过冰冷的坚硬的灿烂的雪花。博识的人们觉得他单调，他自己也以为不幸否耶？江南的雪，可是滋润美艳之至了；那是还在隐约着的青春的消息，是极壮健的处子的皮肤。雪野中有血红的宝珠山茶，白中隐青的单瓣梅花，深黄的磬口的蜡梅花；雪下面还有冷绿的杂草。胡蝶确乎没有；蜜蜂是否来采山茶花和梅花的蜜，我可记不真切了。但我的眼前仿佛看见冬花开在雪野中，有许多蜜蜂们忙碌地飞着，也听得他们嗡嗡地闹着。

孩子们呵着冻得通红，像紫芽姜一般的小手，七八个一齐来塑雪罗汉。因为不成功，谁的父亲也来帮忙了。罗汉就塑得比孩子们高得多，虽然不过是上小下大的一堆，终于分不清是壶卢还是罗汉；然而很洁白，很明艳，以自身的滋润相粘结，整个地闪闪地生光。孩子们用龙眼核给他做眼珠，又从谁的母亲的脂粉奁中偷得胭脂来涂在嘴唇上。这回确是一个大阿罗汉了。他也就目光灼灼地、嘴唇通红地坐在雪地里。

第二天还有几个孩子来访问他；对了他拍手，点头，嘻笑。但他终于独自坐着了。晴天又来消释他的皮肤，寒夜又使他结一层冰，化作不透明的水晶模样；连续的晴天又使他成为不知道算什么，而嘴上的胭脂也褪尽了。

　　但是，朔方的雪花在纷飞之后，却永远如粉，如沙，他们决不粘连，撒在屋上，地上，枯草上，就是这样。屋上的雪是早已就有消化了的，因为屋里居人的火的温热。别的，在晴天之下，旋风忽来，便蓬勃地奋飞，在日光中灿灿地生光，如包藏火焰的大雾，旋转而且升腾，弥漫太空，使太空旋转而且升腾地闪烁。

　　在无边的旷野上，在凛冽的天宇下，闪闪地旋转升腾着的是雨的精魂……

　　是的，那是孤独的雪，是死掉的雨，是雨的精魂。

一九二五年一月十八日

风筝

鲁迅

北京的冬季，地上还有积雪，灰黑色的秃树枝丫叉于晴朗的天空中，而远处有一二风筝浮动，在我是一种惊异和悲哀。

故乡的风筝时节，是春二月，倘听到沙沙的风轮声，仰头便能看见一个淡墨色的蟹风筝或嫩蓝色的蜈蚣风筝。还有寂寞的瓦片风筝，没有风轮，又放得很低，伶仃地显出憔悴可怜模样。但此时地上的杨柳已经发芽，早的山桃也多吐蕾，和孩子们的天上的点缀相照应，打成一片春日的温和。我现在在那里呢？四面都还是严冬的肃杀，而久经诀别的故乡的久经逝去的春天，却就在这天空中荡漾了。

但我是向来不爱放风筝的，不但不爱，并且嫌恶他，因为我以为这是没出息孩子所做的玩艺。和我相反的是我的小兄弟，他那时大概十岁内外罢，多病，瘦得不堪，然而最喜欢风筝，自己买不起，我又不许放，他只得张着小嘴，呆看着空中出神，有时至于小半日。远处的蟹风筝突然落下来了，他惊呼；两个瓦片风筝的缠绕解开了，他高兴得跳跃。他的这些，在我看来都是笑柄，可鄙的。

有一天，我忽然想起，似乎多日不很看见他了，但记得曾见他在后园拾枯竹。我恍然大悟似的，便跑向少有人去的一间堆积杂物的小屋去，推开门，果然就在尘封的什物堆中发现了他。他向着大方凳，坐在小凳上；便很惊惶地站了起来，失了色瑟缩着。大方凳旁靠着一个胡蝶风筝的竹骨，还没有糊上纸，凳上是一对做眼睛用的小风轮，正用红纸条装饰着，将要完工了。我在破获秘密的满足中，又很愤怒他的瞒了我的眼睛，这样苦心孤诣地来偷做没出息孩子的玩艺。我即刻伸手折断了胡蝶的一支翅骨，又将风轮掷在地下，踏扁了。论长幼，论力气，他是都敌不过我的，我当然得到完全的胜利，于是傲然走出，留他绝望地站在小屋里。后来他怎样，我不知道，也没有留心。

然而我的惩罚终于轮到了，在我们离别得很久之后，我已经是中年。我不幸偶而看了一本外国的讲论儿童的书，才知道游戏是儿童最正当的行为，玩具是儿童的天使。于是二十年来毫不忆及的幼小时候对于精神的虐杀的这一幕，忽地在眼前展开，而我的心也仿佛同时变了铅块，很重很重地堕下去了。

但心又不竟堕下去而至于断绝，他只是很重很重地堕着，堕着。

我也知道补过的方法的：送他风筝，赞成他放，劝他放，我和他一同放。我们嚷着，跑着，笑着。——然而他其时已经和我一样，早已有了胡子了。

我也知道还有一个补过的方法的：去讨他的宽恕，等他说，"我可是毫不怪你呵。"那么，我的心一定就轻松了，这确是一个可行的方法。有一回，我们会面的时候，是脸上都已添刻了许多"生"的辛苦的条纹，而我的心很沉重。我们渐渐谈起儿时的旧事来，我便叙述到这一节，自说少年时代的胡涂。"我可是毫不怪你呵。"我想，他要说了，我即刻便受了宽恕，我的心从此也宽松了罢。

"有过这样的事么？"他惊异地笑着说，就像旁听着别人的故事一样。他什么也记不得了。

全然忘却，毫无怨恨，又有什么宽恕之可言呢？无怨的恕，说谎罢了。

我还能希求什么呢？我的心只得沉重着。

现在，故乡的春天又在这异地的空中了，既给我久经逝去的儿时的回忆，而一并也带着无可把握的悲哀。我倒不如躲到肃杀的严冬中去罢，——但是，四面又明明是严冬，正给我非常的寒威和冷气。

一九二五年一月二十四日

作文秘诀

鲁迅

现在竟还有人写信来问我作文的秘诀。

我们常常听到：拳师教徒弟是留一手的，怕他学全了就要打死自己，好让他称雄。在实际上，这样的事情也并非全没有，逢蒙杀羿就是一个前例。逢蒙远了，而这种古气是没有消尽的，还加上了后来的"状元瘾"，科举虽然久废，至今总还要争"唯一"，争"最先"。遇到有"状元瘾"的人们，做教师就危险，拳棒教完，往往免不了被打倒，而这位新拳师来教徒弟时，却以他的先生和自己为前车之鉴，就一定留一手，甚而至于三四手，于是拳术也就"一代不如一代"了。

还有，做医生的有秘方，做厨子的有秘法，开点心铺子的有秘传，为了保全自家的衣食，听说这还只授儿妇，不教女儿，以免流传到别人家里去，"秘"是中国非常普遍的东西，连关于国家大事的会议，也总是"内容非常秘密"，大家不知道。但是，作文却好像偏偏并无秘诀，假使有，每个作家一定是传给子孙的了，然而祖传的作家很少见。自然，作家的孩子们，从小看惯书籍纸笔，眼格也许比较的可以大一点罢，不过不见得就会做。目下的刊物上，虽然常见什么"父子作家""夫妇作家"的名称，仿佛真能从遗嘱或情书中，密授一些什么秘诀一样，其实乃是肉麻当有趣，妄将做官的关系，用到作文上去了。

那么，作文真就毫无秘诀么？却也并不。

我曾经讲过几句做古文的秘诀，是要通篇都有来历，而非古人的成文；也就是通篇是自己做的，而又全非自己所做，个人其实并没有说什么；也就是"事出有因"，而又"查无实据"。到这样，便"庶几乎免于大过也矣"了。简而言之，实不过要做得"今天天气，哈哈哈……"而已。

这是说内容。至于修辞，也有一点秘诀：一要蒙胧，二要难懂。那方法，是：缩短句子，多用难字。

譬如罢，作文论秦朝事，写一句"秦始皇乃始烧书"，是不算好文章的，必须翻译一下，使它不容易一目了然才好。这时就用得着《尔雅》《文选》了，其实是只要不给别人知道，查查《康熙字典》也不妨的。动手来改，成为"始皇始焚书"，就有些"古"起来，到得改成"政俶燔典"，那就简直有了班马气，虽然跟着也令人不大看得懂。但是这样的做成一篇以至一部，是可以被称为"学者"的，我想了半天，只做得一句，所以只配在杂志上投稿。

我们的古之文学大师，就常常玩着这一手。班固先生的"紫色蛙声，余分闰位"，就将四句长句，缩成八字的；扬雄先生的"蠢迪检柙"，就将"动由规矩"这四个平常字，翻成难字的。《绿野仙踪》记塾师咏"花"，有句云："媳钗俏矣儿书废，哥罐闻焉嫂棒伤。"自说意思，是儿妇折花为钗，虽然俏丽，但恐儿子因而废读；下联较费解，是他的哥哥折了花来，没有花瓶，就插在瓦罐里，以嗅花香，他嫂嫂为防微杜渐起见，竟用棒子连花和罐一起打坏了。这算是对于冬烘先生的嘲笑。然而他的作法，其实是和扬班并无不合的，错只在他不用古典而用新典。这一个所谓"错"，就使《文选》之类在遗老遗少们的心眼里保住了威灵。

做得蒙胧，这便是所谓"好"么？答曰：也不尽然，其实是不过掩了丑。但是，"知耻近乎勇"，掩了丑，也就仿佛近乎好了。摩登女郎披下头发，中年妇人罩上面纱，就都是蒙胧术。人类学家解释衣服的起源有三说：一说是因为男女知道了性的羞耻心，用这来遮羞；一说却以为倒是用这来刺激；还有一种是说因为老弱男女，身体衰瘦，露着不好看，盖上一些东西，借此掩掩丑的。从修辞学的立场上看起来，我赞成后一说。现在还常有骈四俪六，典丽堂皇的祭文，挽联，宣言，通电，我们倘去查字典，翻类书，剥去它外面的装饰，翻成白话文，试看那剩下的是怎样的东西呵！？

不懂当然也好的。好在那里呢？即好在"不懂"中。但所虑的是好到令人不能说好丑，所以还不如做得它"难懂"：有一点懂，而下一番苦功之后，所懂的也比较的多起来。我们是向来很有崇拜"难"的脾气的，每餐吃三碗饭，谁也不以为奇，有人每餐要吃十八碗，就郑重其事地写在笔记上；用手穿针没有人看，用脚穿针就可以搭帐篷卖钱；一幅画片，平淡无奇，装在匣子里，挖一个洞，化为西洋镜，人们就张着嘴热心的要看了。况且同是一事，费了苦功而达到的，也比并不费力而达到的可贵。譬如到什么庙里去烧香罢，到山上的，比到平地上的可贵；三步一拜才到庙里的庙，和坐了轿子一径抬到的庙，即使同是这庙，在到达者的心里的可贵的程度是大有高下的。

作文之贵乎难懂，就是要使读者三步一拜，这才能够达到一点目的的妙法。

写到这里，成了所讲的不但只是做古文的秘诀，而且是做骗人的古文的秘诀了。但我想，做白话文也没有什么大两样，因为它也可以夹些僻字，加上蒙胧或难懂，来施展那变戏法的障眼的手巾的。倘要反一调，就是"白描"。

"白描"却并没有秘诀。如果要说有，也不过是和障眼法反一调：有真意，去粉饰，少做作，勿卖弄而已。

十一月十日

山响

许地山

群峰彼此谈得呼呼地响。

他们的话语,给我猜着了。

这一峰说:"我们的衣服旧了,该换一换啦。"

那一峰说:"且慢罢,你看,我这衣服好容易从灰白色变成青绿色,又从青绿色变成珊瑚色和黄金色,——质虽是旧的,可是形色还不旧。我们多穿一会罢。"

正在商量的时候,他们身上穿的,都出声哀求说:"饶了我们,让我歇歇罢。我们的形态都变尽了。再不能为你们争体面了。"

"去罢,去罢,不穿你们也算不得什么。横竖不久我们又有新的穿。"群峰都出着气这样说。说完之后,那红的、黄的彩衣就陆续褪下来。

我们都是天衣,那不可思议的灵,不晓得甚时要把我们穿着得非常破烂,才把我们收入天橱。愿他多用一点气力,及时用我们,使我们得以早早休息。

暗途

许地山

"我的朋友，且等一等，待我为你点着灯，才走。"

吾威听见他的朋友这样说，便笑道："哈哈，均哥，你以我为女人么？女人在夜间走路才要用火；男子，又何必呢？不用张罗，我空手回去罢，——省得以后还要给你送灯回来。"

吾威的村庄和均哥所住的地方隔着几重山，路途崎岖得很厉害。若是夜间要走那条路，无论是谁，都得带灯。所以均哥一定不让他暗中摸索回去。

均哥说："你还是带灯好。这样的天气，又没有一点月影，在山中，难保没有危险。"

吾威说："若想起危险，我就回去不成了。……"

"那么，你今晚上就住在我这里，如何？"

"不，我总得回去，因为我的父亲和妻子都在那边等着我呢。"

"你这个人，太过执拗了。没有灯，怎么去呢？"均哥一面说，一面把点着的灯切切地递给他；他仍是坚辞不受。

他说："若是你定要叫我带着灯走，那教我更不敢走。"

"怎么呢？"

"满山都没有光，若是我提着灯走，也不过是照得三两步远；且要累得满山的昆虫都不安。若凑巧遇见长蛇也冲着火光走来，可又怎办呢？再说，这一点的光可以把那照不着的地方越显得危险，越能使我害怕。在半途中，灯一熄灭，那就更不好办了。不如我空着手走，初时虽觉得有些妨碍，不多一会，什么都可以在幽暗中辨别一点。"

他说完，就出门。

均哥还把灯提在手里，眼看着他向密林中那条小路穿进去，才摇摇头说："天下竟有这样怪人！"

吾威在暗途中走着，耳边虽常听见飞虫、野兽的声音，然而他一点害怕也没有。在蔓草中，时常飞些萤火出来，光虽不大，可也够了。他自己说："这是均哥想不到，也是他所不能为我点的灯。"

那晚上他没有跌倒；也没有遇见毒虫野兽；安然地到他家里。

海

许地山

我的朋友说:"人的自由和希望,一到海面就完全失掉了!因为我们太不上算,在这无涯浪中无从显出我们有限的能力和意志。"

我说:"我们浮在这上面,眼前虽不能十分如意,但后来要遇着的,或者超乎我们的能力和意志之外。所以在一个风狂浪骇的海面上,不能准说我们要到什么地方就可以达到什么地方;我们只能把性命先保持住,随着波涛颠来播去便了。"

我们坐在一只不如意的救生船里,眼看着载我们到半海就毁坏的大船渐渐沉下去。

我的朋友说:"你看,那要载我们到目的地的船快要歇息去了!现在在这茫茫的空海中,我们可没有主意啦。"

幸而同船的人,心忧得很,没有注意听他的话。我把他的手摇了一下说:"朋友,这是你纵谈的时候么?你不帮着划桨么?"

"划桨么?这是容易的事。但要划到那里去呢?"

我说:"在一切的海里,遇着这样的光景,谁也没有带着主意下来,谁也脱不了在上面泛来泛去。我们尽管划罢。"

梨花

许地山

她们还在园里玩,也不理会细雨丝丝穿入她们的罗衣。池边梨花的颜色被雨洗得更白净了。但朵朵都懒懒地垂着。

姊姊说:"你看,花儿都倦得要睡了!"

"待我来摇醒他们。"

姊姊不及发言,妹妹的手早已抓住树枝摇了几下。花瓣和水珠纷纷地落下来,铺得银片满地,煞是好玩。

妹妹说:"好玩啊,花瓣一离开树枝,就活动起来了!"

"活动什么?你看,花儿的泪都滴在我身上哪。"姊姊说这话时,带着几分怒气,推了妹妹一下。她接着说:"我不和你玩了;你自己在这里罢。"

妹妹见姊姊走了,直站在树下出神。停了半晌,老妈子走来,牵着她,一面走着,说:"你看,你的衣服都湿透了;在阴雨天,每日要换几次衣服,教人到那里找太阳给你晒去呢?"

落下来的花瓣,有些被她们的鞋印入泥中;有些黏在妹妹身上,被她带走;有些浮在池面,被鱼儿衔入水里。那多情的燕子不歇把鞋印上的残瓣和软泥一同衔在口中,到梁间去,构成他们的香巢。

街头巷尾之伦理

许地山

在这城市里，鸡声早已断绝，破晓的声音，有时是骆驼的铃铛，有时是大车的轮子。那一早晨，胡同里还没有多少行人，道上的灰土蒙着一层青霜，骡车过处，便印上蹄痕和轮迹。那车上满载着块煤，若不是加上车夫的鞭子，合着小驴和大骡的力量，也不容易拉得动。有人说，做牲口也别做北方的牲口，一年有大半年吃的是干草，没有歇的时候，有一千斤的力量，主人最少总要它拉够一千五百斤，稍一停顿，便连鞭带骂。这城的人对于牲口好像还没有想到有什么道德的关系，没有待遇牲口的法律，也没有保护牲口的会社，骡子正在一步一步使劲拉那重载的煤车，不提防踩了一蹄柿子皮，把它滑倒，车夫不问情由挥起长鞭，没头没脸地乱鞭，嘴里不断地骂它的娘，它的姊妹。在这一点上，车夫和他的牲口好像又有了人伦的关系。骡子喘了一会气，也没告饶，挣扎起来，前头那匹小驴帮着它，把那车慢慢地拉出胡同口去。

在南口那边站着一个巡警。他看是个"街知事"，然而除掉捐项，指挥汽车，和跟洋车夫捣麻烦以外，一概的事情都不知。市政府办了乞丐收容所，可是那位巡警看见叫化子也没请他到所里去住。那一头来了一个瞎子，一手扶着小木杆，一手提着破柳罐，一见便知道他也是属于无产阶级的一种人，或者也可以说他属于毁产阶级。他一步一步踱到巡警跟前，后面一辆汽车远远地响着喇叭，吓得他急要躲避，不凑巧撞在巡警身上。

巡警骂他说："你这东西又脏又瞎，汽车快来了，还不快往胡同里躲。"幸而他没把手里那枝"尚方警棍"加在瞎子头上，只挥着棍子叫汽车开过去。

瞎子进了胡同口，沿着墙边慢慢地走。那边来了一群狗，大概是追母狗的。它们一面吠，一面咬，冲到瞎子这边来。他的拐棍在无意中碰着一只张牙裂嘴的公狗，被它在腿上咬了一口。他摩摩大腿，低声骂了一句，又往前走。

"你这小子，可教我找着了。"从胡同的那边迎面来了一个人，远远地向着瞎子这样说。

那人的身材虽不很魁梧，可也比得胡同口街知事。据说他也是个老太爷身份，在家里刨掉灶王爷，就数他大，因为他有很多下辈供养他。他住在鬼门关附近，有几个子侄，还有儿媳妇和孙子。有一个儿子专在人马杂沓的地方做扒手。有一个儿子专在娱乐场或戏院外头假装寻亲不遇，求帮于人。一个儿媳妇带着孙子在街上捡煤渣，有时也会利用孩子偷街上小摊的东西。这瞎子，他的侄儿，却用"可怜我瞎子……"这套话来生利。他们照例都得把所得的财物奉给这位家长受用，若有怠慢，他便要和别人一样，拿出一条伦常的大道理来谴责他们。

瞎子已经两天没回家了。他蓦然听见叔叔骂他的声音，早已吓得魂不附体。叔叔走过来，拉着他的胳臂，说："你这小子，往那里跑？"瞎子还没回答，他顺手便给他一拳。

瞎子哟了一声，哀求他叔叔说："叔叔别打，我昨天一天还没吃的，要不着，不敢回家。"

叔叔也用了骂别人的妈妈和姊妹的话来骂他的侄子。他一面骂，一面打，把瞎子推倒，拳脚交加。瞎子正坐在方才教骡子滑倒的那几个烂柿子皮的地方。破柳罐也摔了，掉出几个铜元，和一块干面包头。

叔叔说："你还撒谎？这不是铜子？这不是馒头？你有剩下的，还说昨天一天没吃，真是该揍的东西。"他骂着，又连踢带打了一会。

瞎子想是个忠厚人，也不会抵抗，只会求饶。

路东五号的门开了。一个中年的女人拿着药罐子到街心，把药渣子倒了。她想着叫往来的人把吃那药的人的病带走，好像只要她的病人好了，叫别人病了千万个也不要紧。她提着药罐，站在街门口看那人打他的瞎眼侄儿。

路西八号的门也开了。一个十三四岁的黄脸丫头，提着脏水桶，望街上便泼。她泼完，也站在大门口瞧热闹。

路东九号出来几个人，路西七号也出来几个人，不一会，满胡同两边都站着瞧热闹的人们。大概同情心不是先天的本能，若不然，他们当中怎么没有一个人走来把那人劝开？难道看那瞎子在地上呻吟，无力抵抗，和那叔叔凶狠恶煞的样子，够不上动他们的恻隐之心么？

瞎子嚷着救命，至终没人上前去救他。叔叔见有许多人在两旁看他教训着坏子弟，便乘机演说几句。这是一个演说时代，所以"诸色人等"都能演说。叔叔把他的侄儿怎样不孝顺，得到钱自己花，有好东西自己吃的罪状都布露出来。他好像理会众人以他所做的为合理，便又将侄儿恶打一顿。

瞎子的枯眼是没有泪流出来的，只能从他的号声理会他的痛楚。他一面告饶，一面伸手去摸他的拐棍。叔叔快把拐棍从地上检起来，就用来打他。棍落在他的背上发出一种霍霍的声音，显得他全身都是骨头。叔叔说："好，你想逃？你逃到那里去？"说完，又使劲地打。

街坊也发议论了。有些说该打，有些说该死，有些说可怜，有些说可恶。可是谁也不愿意管闲事，更不愿意管别人的家事，所以只静静地站在一边，像"观礼"一样。

叔叔打够了，把地下两个大铜子检起来，问他："你这些子儿都是从那里来的？还说？"

瞎子那些铜子是刚在大街上要来的，但也不敢申辩，由着他叔叔拿走。

胡同口的大街上，忽然过了一大队军警。听说早晨司令部要枪毙匪犯。胡同里方才站着瞧热闹的人们，因此也冲到热闹的胡同去。他们看见大车上绑着的人。那人高声演说，说他是真好汉，不怕打，不怕杀，更不怕那班临阵扔枪的丘八。围观的人，也像开国民大会一样，有喝采的，也有拍手的。那人越发高兴，唱几句《失街亭》，说东道西，一任骡子慢慢地拉着他走。车过去了，还有很多人跟着，为的是要听些新鲜的事情。文明程度越低的社会，对于游街示众，法场处死，家小拌嘴，怨敌打架等事情，都很感得兴趣，总要在傍助威，像文明程度高的人们在戏院，讲堂，体育场里助威和喝采一样。说"文明程度低"一定有人反对，不如说"古风淳厚"较为堂皇些。

　　胡同里的人，都到大街上看热闹去了。这里，瞎子从地下爬起来，全身都是伤痕。巡警走来说他一声"活该"！

　　他没说什么。

　　那边来了一个女人，带着深蓝眼镜，穿着淡红旗袍，头发烫得像石狮子一样。从跟随在她后面那位抱着孩子的灰色衣帽人看来，知道她是个军人的眷属。抱小孩的大兵，在地下捡了一个大子。那原是方才从破柳罐里摔出来的。他看见瞎子坐在道边呻吟，就把捡得的铜子扔给他。

　　"您积德修好哟！我给您磕头啦！"是瞎子谢他的话。

　　他在这一个大子的恩惠以外，还把道上的一大块面包头踢到瞎子跟前，说："这地上有你吃的东西。"他头也不回洋洋地随着他的女司令走了。

　　瞎子在那里摩着块干面包，正拿在手里，方才咬他的那只饿狗来到，又把它抢走了。

　　街知事站在他的岗位，望着他说："瞧，活该！"

小偷、车夫和老头

萧红

木枋车在石路上发着隆隆的重响。出了木枋场，这满车的木枋使老马拉得吃力了！但不能满足我，大木枋堆对于这一车木枋，真像在牛背上拔了一根毛，我好像嫌这样子太少。

"丢了两块木枋哩！小偷来抢的，没看见？要好好看着，小偷常偷枋子……十块八块也能丢。"

我被车夫提醒了！觉得一块木枋也不该丢，木枋对我才恢复了它的重要性。小偷眼睛发着光又来抢时，车夫在招呼我们："来了啊！又来啦！"

郎华招呼一声，那竖着头发的人跑了！"这些东西顶没有脸，拉两块就得啦吧！贪多不厌，把这一车都送给你好不好？……"打着鞭子的车夫，反复地在说那个小偷的坏话，说他贪多不厌。

在院心把木枋一块块推下车来，那还没有推完，车夫就不再动手了！把车钱给了他，他才说："先生，这两块给我吧！拉家去好烘烘火，孩子小，屋子又冷。"

"好吧！你拉走吧！"我看一看那是五块顶大的他留在车上。

这时候他又弯下腰，去弄一些碎的，把一些木皮扬上车去，而后拉起马来走了。但他对他自己并没说贪多不厌，别的坏话也没说，跑出大门道去了。

只要有木桦车进院，铁门栏外就有人向院里看着问："桦子拉（锯）不拉？"那些人带着锯，有两个老头也扒着门扇。

这些桦子就讲妥归两个老头来锯，老头有了工作在眼前，才对那个伙伴说："吃点么？"

我去买给他们面包吃。

桦子拉完又送到桦子房去。整个下午我不能安定下来，好像我从未见过木桦，木桦给我这样的大欢喜，使我坐也坐不定，一会跑出去看看。最后老头子把院子扫得干干净净的了！这时候，我给他工钱。

我先用碎木皮来烘着火。夜晚在三月里也是冷一点，玻璃窗上挂着蒸气。没有点灯，炉火颗颗星星地发着爆炸，炉门打开着，火光照红我的脸，我感到例外的安宁。我又到窗外去拾木皮，我吃惊了！老头子的斧子和锯都背好在肩上，另一个背着架桦子的木架，可是他们还没有走。这许多的时候，为什么不走呢？

"太太，多给了钱啦？"

"怎么多给的！不多，七角五分不是吗？"

"太太，吃面包钱没有扣去！"那几角工钱，老头子并没放入衣袋，仍呈在他的手上，他借着离得很远的门灯在考察钱数。

我说："吃面包不要钱，拿着走吧！"

"谢谢，太太。"感恩似的，他们转过身走去了，觉得吃面包是我的恩情。我愧得立刻心上烧起来，望着那两个背影停了好久，羞恨的眼泪就要流出来。已经是祖父的年纪了，吃块面包还要感恩吗？

失眠之夜

萧红

为什么要失眠呢！烦躁，恶心，心跳，胆小，并且想要哭泣。我想想，也许就是故乡的思虑罢。

窗子外面的天空高远了，和白棉一样绵软的云彩低近了，吹来的风好像带点草原的气味，这就是说已经是秋天了。

在家乡那边，秋天最可爱。

蓝天蓝得有点发黑，白云就像银子做成一样，就像白色的大花朵似的点缀在天上；就又像沉重得快要脱离开天空而坠了下来似的，而那天空就越显得高了，高得再没有那么高的。

昨天我到朋友们的地方走了一遭，听来了好多的心愿（那许多心愿综合起来，又都是一个心愿）。这回若真的打回满洲去。有的说，煮一锅高粱米粥喝；有的说，咱家那地豆多么大！说着就用手比量着，这么碗大；珍珠米，老的一煮就开了花的，一尺来长的；还有的说，高粱米粥、咸盐豆。还有的说，若真地打回满洲去，三天二夜不吃饭，打着大旗往家跑。跑到家去自然也免不了先吃高粱米粥或咸盐豆。

比方高粱米那东西，平常我就不愿吃，很硬，有点发涩（也许因为我有胃病的关系），可是经他们这一说，也觉得非吃不可了。

但是什么时候吃呢？那我就不知道了。而况我到底是不怎样热烈的，所以关于这一方面，我终究不怎样亲切。

但我想我们那门前的蒿草，我想我们那后园里开着的茄子的紫色的小花，黄瓜爬上了架。而那清早，朝阳带着露珠一齐来了！

我一说到蒿草或黄瓜，三郎就向我摆手或摇头："不，我们家，门前是两棵柳树，树荫交织着做成门形。再前面是菜园，过了菜园就是山。那金字塔形的山峰正向着我们家的门口，而两边像蝙蝠的翅膀似的向着村子的东方和西方伸展开去。而后园黄瓜、茄子也种着，最好看的是牵牛花在石头墙的缝隙爬遍了，早晨带着露水牵牛花开了……"

"我们家就不这样，没有高山，也没有柳树……只有……"我常常这样打断他。

有时候，他也不等我说完，他就接下去。我们讲的故事，彼此都好像是讲给自己听，而不是为着对方。

只有那么一天，他买来了一张《东北富源图》挂在墙上了，染着黄色的平原上站着小马、小羊，还有骆驼，还有牵着骆驼的小人；海上就是些小鱼、大鱼、黄色的鱼，红色的好像小瓶似的大肚的鱼，还有黑色的大鲸鱼；而兴安岭和辽宁一带画着许多和海涛似的绿色的山脉。

他的家就在离着渤海不远的山脉中，他的指甲在山脉上爬着："这是大凌河……这是小凌河……哼……没有，这个地图是个不完全的，是个略图……"

"好哇！天天说凌河，哪有凌河呢！"我不知为什么一提到家乡，常常愿意给他扫兴一点。

"你不相信！我给你看。"他去翻他的书橱去了，"这不是大凌河……小凌河……小孩的时候在凌河沿上捉小鱼，拿到山上去，在石头上用火烤着吃……这边就是沈家台，离我们家二里路……"因为是把地图摊在地板上看的缘故，一面说着，他一面用手扫着他已经垂在前额的发梢。

《东北富源图》就挂在床头，所以第二天早晨，我一张开了眼睛，他就抓住了我的手：

"我想将来我回家的时候，先买两匹驴，一匹你骑着，一匹我骑着……先到我姑姑家，再到我姐姐家……顺便也许看看我的舅舅去……我姐姐很爱我……她出嫁以后，每回来一次就哭一次，姐姐一哭，我也哭……这有七八年不见了！也都老了。"

那地图上的小鱼，红的，黑的，都能够看清，我一边看着，一边听着，这一次我没有打断他，或给他扫一点兴。

"买黑色的驴，挂着铃子，走起来……当啷啷当啷啷……"他形容着铃音的时候，就像他的嘴里边含着铃子似的在响。

"我带你到沈家台去赶集。那赶集的日子，热闹！驴身上挂着烧酒瓶……我们那边，羊肉非常便宜……羊肉炖片粉……真有味道！唉呀！这有多少年没吃那羊肉啦！"他的眉毛和额头上起着很多皱纹。

我在大镜子里边看了他，他的手从我的手上抽回去，放在他自己的胸上，而后又背着放在枕头下面去，但很快地又抽出来。只理一理他自己的发梢又放在枕头上去。

而我，我想：

"你们家对于外来的所谓'媳妇'也一样吗？"我想着这样说了。

这失眠大概也许不是因为这个。但买驴子的买驴子，吃咸盐豆的吃咸盐豆，而我呢？坐在驴子上，所去的仍是生疏的地方，我停着的仍然是别人的家乡。

家乡这个观念，在我本不甚切的，但当别人说起来的时候，我也就心慌了！虽然那块土地在没有成为日本的之前，"家"在我就等于没有了。

这失眠一直继续到黎明之前，在高射炮的炮声中，我也听到了一声声和家乡一样的震抖在原野上的鸡鸣。

1937.8.23

西溪的晴雨

郁达夫

　　西北风未起,蟹也不曾肥,我原晓得芦花总还没有白,前两星期,源宁来看了西湖,说他倒觉得有点失望,因为湖光山色,太整齐,太小巧,不够味儿,他开来的一张节目上,原有西溪的一项;恰巧第二天又下了微雨,秋原和我就主张微雨里下西溪,好教源宁去尝一尝这西湖近旁的野趣。

　　天色是阴阴漠漠的一层,湿风吹来,有点儿冷,也有点儿香,香的是野草花的气息。车过方井旁边,自然又下车来,去看了一下那座天主圣教修士们的古墓。从墓门望进去,只是黑沉沉、冷冰冰的一个大洞,什么也看不见,鼻子里却闻吸到了一种霉灰的阴气。

　　把鼻子掀了两掀,耸了一耸肩膀,大家都说,可惜忘记带了电筒,但在下意识里,自然也有一种恐怖,不安,和畏缩的心意,在那里作恶,直到了花坞的溪旁,走进窗明几净的静莲庵(?)堂去坐下,喝了两碗清茶,这一些鬼胎,方才洗涤了个空空脱脱。

　　游西溪,本来是以松木场下船,带了酒盒行厨,慢慢儿地向西摇去为正宗。像我们那么高坐了汽车,飞鸣而过古荡、东岳,一个钟头要走百来里路的旅客,终于是难度的俗物,但是俗物也有俗益,你若坐在汽车里,引颈而向西向北一望,直到湖州,只见一派空明,遥盖在淡绿成阴的斜平海上；这中间不见水，不见山，当然也不见人，只是渺渺茫茫，青青绿绿，远无岸，近亦无田园村落的一个大斜坡，过秦亭山后，一直到留下为止的那一条沿山大道上的景色，好处就在这里，尤其是当微雨朦胧，江南草长的春或秋的半中间。

从留下下船，回环曲折，一路向西向北，只在芦花浅水里打圈圈；圆桥茅舍，桑树蓼花，是本地的风光，还不足道；最古怪的，是剩在背后的一带湖上的青山，不知不觉，忽而又会得移上你的面前来，和你点一点头，又匆匆地别了。

摇船的少女，也总好算是西溪的一景；一个站在船尾把摇橹，一个坐在船头上使桨，身体一伸一俯，一往一来，和橹声的咿呀，水波的起落，凑合成一大又圆又曲的进行软调；游人到此，自然会想起瘦西湖边，竹西歌吹的闲情，而源宁昨天在漪园月下老人祠里求得的那枝灵签，仿佛是完全地应了，签诗的语文，是《鄘风桑中》章末后的三句，叫作"期我乎桑中，要我乎上宫，送我乎淇之上矣"。

此后便到了交芦庵，上了弹指楼，因为是在雨里，带水拖泥，终于也感不到什么的大趣，但这一天向晚回来，在湖滨酒楼上放谈之下，源宁却一本正经地说："今天的西溪，却比昨日的西湖，要好三倍。"

前天星期假日，日暖风和，并且在报上也曾看到了芦花怒放的消息，午后日斜，老龙夫妇，又来约去西溪，去的时候，太晚了一点，所以只在秋雪庵的弹指楼上，消磨了半日之半。一片斜阳，反照在芦花浅渚的高头，花也并未怒放，树叶也不曾凋落，原不见秋，更不见雪，只是一味的晴明浩荡，飘飘然，浑浑然，洞贯了我们的肠腑，老僧无相，烧了面，泡了茶，更送来了酒，末后还拿出了纸和墨，我们看看日影下的北高峰，看看庵旁边的芦花荡，就问无相，花要几时才能全白？老僧操着缓慢的楚国口音，微笑着说："总要到阴历十月的中间；若有月亮，更为出色。"说后，还提出了一个交换的条件，要我们到那时候，再去一玩，他当预备些精馔相待，聊当作润笔，可是今天的字，却非写不可，老龙写了"一剑横飞破六合，万家憔悴哭三吴"的十四个字，我也附和着抄了一副不知在哪里见过的联语："春梦有时来枕畔，夕阳依旧上帘钩。"

喝得酒醉醺醺，走下楼来，小河里起了晚烟，船中间满载了黑暗，龙妇又逸兴遄飞，不知上哪里去摸出了一枝洞箫来吹着。"其声呜呜然，如怨如慕，如泣如诉，余音袅袅，不绝如缕"，倒真有点像是七月既望，和东坡在赤壁的夜游。

一九三五年十月廿二日

江南的冬景

郁达夫

凡在北国过过冬天的人，总都知道围炉煮茗，或吃煊羊肉，剥花生米，饮白干的滋味。而有地炉、暖炕等设备的人家，不管它门外面是雪深几尺，或风大若雷，而躲在屋里过活的两三个月的生活，却是一年之中最有劲的一段蛰居异境；老年人不必说，就是顶喜欢活动的小孩子们，总也是个个在怀恋的，因为当这中间，有的是萝卜、雅儿梨等水果的闲食，还有大年夜、正月初一、元宵等热闹的节期。

但在江南，可又不同；冬至过后，大江以南的树叶，也不至于脱尽。寒风——西北风——间或吹来，至多也不过冷了一日两日。到得灰云扫尽，落叶满街，晨霜白得像黑女脸上的脂粉似的清早，太阳一上屋檐，鸟雀便又在吱叫，泥地里便又放出水蒸气来，老翁小孩就又可以上门前的隙地里去坐着曝背谈天，营屋外的生涯了；这一种江南的冬景，岂不也可爱得很么？

我生长江南，儿时所受的江南冬日的印象，铭刻特深；虽则渐入中年，又爱上了晚秋，以为秋天正是读读书，写写字的人的最惠节季，但对于江南的冬景，总觉得是可以抵得过北方夏夜的一种特殊情调，说得摩登些，便是一种明朗的情调。

我也曾到过闽粤，在那里过冬天，和暖原极和暖，有时候到了阴历的年边，说不定还不得不拿出纱衫来着；走过野人的篱落，更还看得见许多杂七杂八的秋花！一番阵雨雷鸣过后，凉冷一点，至多也只好换上一件夹衣，在闽粤之间，皮袍棉袄是绝对用不着的；这一种极南的气候异状，并不是我所说的江南的冬景，只能叫它作南国的长春，是春或秋的延长。

江南的地质丰腴而润泽，所以含得住热气，养得住植物；因而长江一带，芦花可以到冬至而不败，红叶亦有时候会保持得三个月以上的生命。像钱塘江两岸的乌桕树，则红叶落后，还有雪白的桕子着在枝头，一点一丛，用照相机照将出来，可以乱梅花之真。草色顶多成了赭色，根边总带点绿意，非但野火烧不尽，就是寒风也吹不倒的。若遇到风和日暖的午后，你一个人肯上冬郊去走走，则青天碧落之下，你不但感不到岁时的肃杀，并且还可以饱觉着一种莫名其妙的含蓄在那里的生气；"若是冬天来了，春天也总马上会来"的诗人的名句，只有在江南的山野里，最容易体会得出。

说起了寒郊的散步，实在是江南的冬日，所给与江南居住者的一种特异的恩惠；在北方的冰天雪地里生长的人，是终他的一生，也决不会有享受这一种清福的机会的。我不知道德国的冬天，比起我们江浙来如何，但从许多作家的喜欢以Spaziergang一字来做他们的创作题目的一点看来，大约是德国南部地方，四季的变迁，总也和我们的江南差仿不多。譬如说十九世纪的那位乡土诗人洛在格（Peter Rosegger，1843—1918）罢，他用这一个"散步"做题目的文章尤其写得多，而所写的情形，却又是大半可以拿到中国江浙的山区地方来适用的。

　　江南河港交流，且又地滨大海，湖沼特多，故空气里时含水分；到得冬天，不时也会下着微雨，而这微雨寒村里的冬霖景象，又是一种说不出的悠闲境界。你试想想，秋收过后，河流边三五家人家会聚在一道的一个小村子里，门对长桥，窗临远阜，这中间又多是树枝槎桠的杂木树林；在这一幅冬日农村的图上，再洒上一层细得同粉也似的白雨，加上一层淡得几不成墨的背景，你说还够不够悠闲？若再要点些景致进去，则门前可以泊一只乌篷小船，茅屋里可以添几个喧哗的酒客，天垂暮了，还可以加一味红黄，在茅屋窗中画上一圈暗示着灯光的月晕。人到了这一个境界，自然会得胸襟洒脱起来，终至于得失俱亡，死生不问了；我们总该还记得唐朝那位诗人做的"暮雨潇潇江上村"的一首绝句罢？诗人到此，连对绿林豪客都客气起来了，这不是江南冬景的迷人又是什么？

　　一提到雨，也就必然的要想到雪；"晚来天欲雪，能饮一杯无？"自然是江南日暮的雪景。"寒沙梅影路，微雪酒香村"，则雪月梅的冬宵三友，会合在一道，在调戏酒姑娘了。"柴门村犬吠，风雪夜归人"，是江南雪夜，更深人静后的景况。"前村深雪里，昨夜一枝开"，又到了第二天的早晨，和狗一样喜欢弄雪的村童来报告村景了。诗人的诗句，也许不尽是在江南所写，而作这几句诗的诗人，也许不尽是江南人，但假了这几句诗来描写江南的雪景，岂不直截了当，比我这一枝愚劣的笔所写的散文更美丽得多？

　　有几年，在江南也许会没有雨没有雪地过一个冬，到了春间阴历的正月底或二月初再冷一冷下一点春雪的；去年（一九三四）的冬天是如此，今年的冬天恐怕也不得不然，以节气推算起来，大约太冷的日子，将在一九三六年的二月尽头，最多也总不过是七八天的样子。像这样的冬天，乡下人叫作旱冬，对于麦的收成或者好些，但是人口却要受到损伤；旱得久了，白喉、流行性感冒等疾病自然容易上身，可是想恣意享受江南的冬景的人，在这一种冬天，倒只会得感到快活一点，因为晴和的日子多了，上郊外去闲步逍遥的机会自然也多；日本人叫作Hiking，德国人叫作Spaziergang狂者，所最欢迎的也就是这样的冬天。

  窗外的天气晴朗得像晚秋一样；晴空的高爽，日光的洋溢，引诱得使你在房间里坐不住，空言不如实践，这一种无聊的杂文，我也不再想写下去了，还是拿起手杖，搁下纸笔，上湖上散散步罢！

一九三五年十二月一日

日本的文化生活

郁达夫

无论那一个中国人，初到日本的几个月中间，最感觉到苦痛的，当是饮食起居的不便。

房子是那么矮小的，睡觉是在铺地的席子上睡的，摆在四脚高盘里的菜蔬，不是一块烧鱼，就是几块同木片似的牛蒡。这是二三十年前，我们初去日本念书时的大概情形；大地震以后，都市西洋化了，建筑物当然改了旧观，饮食起居，和从前自然也是两样，可是在饮食消费过度的中国人的眼里，总觉得日本的一般国民生活，远没有中国那么的舒适。

但是住得再久长一点，把初步的那些困难克服了以后，感觉就马上会大变起来；在中国社会里无论到什么地方去也得不到的那一种安稳之感，会使你把现实的物质上的痛苦忘掉，精神抖擞，心气和平，拼命地只想去搜求些足使智识开展的食粮。

若再在日本久住下去，滞留年限，到了三五年以上，则这岛国的粗茶淡饭，变得件件都足怀恋；生活的刻苦，山水的秀丽，精神的饱满，秩序的整然，回想起来，真觉得在那儿过的，是一段蓬莱岛上的仙境里的生涯，中国的社会，简直是一种乱杂无章，盲目的土拨鼠式的社会。

记得有一年在上海生病，忽而想起了学生时代在日本吃过的早餐酱汤的风味；教医院厨子去做来吃，做了几次，总做不像，后来终于上一位日本友人的家里去要了些来，从此胃口就日渐开了；这虽是我个人的生活的一端，但也可以看出日本的那一种简易生活的耐人寻味的地方。

而且正因为日本一般的国民生活是这么刻苦的结果，所以上下民众，都只向振作的一方面去精进。明治维新，到现在不过七八十年，而整个国家的进步，却尽可以和有千余年文化在后的英法德意比比；生于忧患，死于逸乐，这话确是中日两国一盛一衰的病源脉案。

刻苦精进，原是日本一般国民生活的倾向，但是另一面哩，大和民族，却也并不是不晓得享乐的野蛮原人。不过他们的享乐，他们的文化生活，不喜铺张，无伤大体；能在清淡中出奇趣，简易里寓深意，春花秋月，近水遥山，得天地自然之气独多，这，一半虽则也是奇山异水很多的日本地势使然，但一大半却也可以说是他们那些岛国民族的天性。

先以他们的文学来说罢，最精粹最特殊的古代文学，当然是三十一字母的和歌。写男女的恋情，写思妇怨男的哀慕，或写家国的兴亡，人生的流转，以及世事的无常，风花雪月的迷人等等，只有清清淡淡，疏疏落落的几句，就把乾坤今古的一切情感都包括得纤屑不遗了。至于后来兴起的俳句哩，又专以情韵取长，字句更长——只十七字母——而余韵余情，却似空中的柳浪，池上的微波，不知所自始，也不知其所终，飘飘忽忽，袅袅婷婷；短短的一句，你若细嚼反刍起来，会经年累月地使你如吃橄榄，越吃越有回味。最近有一位俳谐师高滨虚子，曾去欧洲试了一次俳句的行脚，从他的记行文字看来，到处只以和服草履作横行的这一位俳人，在异国的大都会，如伦敦、柏林等处，却也遇见了不少的热心作俳句的欧洲男女。他回国之后，且更闻有西欧数处在计划着出俳句的杂志。

其次，且看看他们的舞乐看！乐器的简单，会使你回想到中国从前唱"南风之薰矣"的上古时代去。一棹七弦或三弦琴，拨起来声音也并不响亮；再配上一个小鼓——是专配三弦琴的，如能乐，歌舞伎，净琉璃等演出的时候——同凤阳花鼓似的一个小鼓，敲起来，也只是冬冬地一种单调的鸣声。但是当能乐演到半酣，或净琉璃唱到吃紧，歌舞伎舞至极顶的关头，你眼看着台上面那种舒徐缓慢的舞态——日本舞的动作并不复杂，并无急调——耳神经听到几声铮铮铮与冬冬笃拍的声音，却自然而然的会得精神振作，全身被乐剧场面的情节吸收过去。以单纯取长，以清淡制胜的原理，你只教到日本的上等能乐舞台或歌舞伎座去一看，就可以体会得到。将这些来和西班牙舞的铜琶铁板，或中国戏的响鼓十番一比，觉得同是精神的娱乐，又何苦嘈嘈杂杂，闹得人头脑昏沉才能得到醍醐灌顶的妙味呢？还有秦楼楚馆的清歌，和着三味线太鼓的哀音，你若当灯影阑珊的残夜，一个人独卧在"水晶帘卷近秋河"的楼上，远风吹过，听到它一声两声，真像是猿啼雁叫，会动荡你的心腑，不由你不扑簌簌地落下几点泪来；这一种悲凉的情调，也只有在日本，也只有从日本的简单乐器和歌曲里，才感味得到。

此外，还有一种合着琵琶来唱的歌；其源当然出于中国，但悲壮激昂，一经日本人的粗喉来一喝，却觉得中国的黑头二面，决没有那么的威武，与"春雨楼头尺八箫"的尺八，正足以代表两种不同的心境；因为尺八音脆且纤，如怨如慕，如泣如诉，迹近女性的缘故。

日本人一般的好作野外嬉游，也是为我们中国人所不及的地方。春过彼岸，樱花开作红云；京都的岚山丸山，东京的飞鸟上野，以及吉野等处，全国的津津曲曲，道路上差不多全是游春的男女。"家家扶得醉人归"的《春社》之诗，仿佛是为日本人而咏的样子。而祇园的夜樱与都踊，更可以使人魂销魄荡，把一春的尘土，刷落得点滴无余。秋天的枫叶红时，景状也是一样。此外则岁时伏腊，即景言游，凡潮汐干时，蕨薇生日，草菌簇起，以及萤火虫出现的晚上，大家出狩，可以谑浪笑傲，脱去形骸；至于元日的门松，端阳的张鲤祭雏，七夕的拜星，中元的盆踊，以及重九的栗糕等等，所奉行的虽系中国的年中行事，但一到日本，却也变成了很有意义的国民节会，盛大无伦。

日本人的庭园建筑，佛舍浮屠，又是一种精微简洁，能在单纯里装点出趣味来的妙艺。甚至家家户户的厕所旁边，都能装置出一方池水，几树楠天，洗涤得窗明宇洁，使你闻觉不到秽浊的熏蒸。

在日本习俗里最有趣味的一种幽闲雅事，是叫作茶道的那一番礼节；各人长跪在一堂，制茶者用了精致的茶具，规定而熟练的动作，将末茶冲入碗内，顺次递下，各喝取三口又半，直到最后，恰好喝完。进退有节，出入如仪，融融泄泄，真令人会想起唐宋以前，太平盛世的民风。

还有"生花"的插置,在日本也是一种有派别师承的妙技;一只瓦盆,或一个净瓶之内,插上几枝红绿不等的花枝松干,更加以些泥沙岩石的点缀,小小的一穿围里,可以使你看出无穷尽的多样一致的配合来。所费不多,而能使满室生春,这又是何等经济而又美观的家庭装饰!

日本人的和服,穿在男人的身上,倒也并不十分雅观;可是女性的长袖,以及腋下袖口露出来的七色的虹纹,与束腰带的颜色来一辉映,却又似万花缭乱中的蝴蝶的化身了。《蝴蝶夫人》这一出歌剧,能够耸动欧洲人的视听,一直到现在,也还不衰的原因,就在这里。

日本国民的注重清洁,也是值得我们钦佩的一件美德。无论上下中等的男女老幼,大抵总要每天洗一次澡;住在温泉区域以内的人,浴水火热,自地底涌出,不必烧煮,洗澡自然更觉简便;就是没有温泉水脉的通都大邑的居民,因为设备简洁,浴价便宜之故,大家都以洗澡为一天工作完了后的乐事。国民一般轻而易举的享受,第一要算这种价廉物美的公共浴场了,这些地方,中国人真要学学他们才行。

凡上面所说的各点,都是日本固有的文化生活的一小部分。自从欧洲文化输入以后,各都会都摩登化了,跳舞场,酒吧间,西乐会,电影院等等文化设备,几乎欧化到了不能再欧,现在连男女的服装,旧剧的布景说白,都带上了牛酪奶油的气味;银座大街的商店,门面改换了洋楼,名称也唤作了欧语,譬如水果饮食店的叫作Fruits Parlour,旗亭的叫作Café Vienna或Barcelona之类,到处都是;这一种摩登文化生活,我想叫上海人说来,也约略可以说得,并不是日本独有的东西,所以此地从略。

　　末了,还有日本的学校生活,医院生活,图书馆生活;以及海滨的避暑,山间的避寒,公园古迹胜地等处的闲游漫步生活,或日本阿尔泊斯与富士山的攀登,两国大力士的相扑等等,要说着实还可以说说,但天热头昏,挥汗执笔,终于不能详尽,只能等到下次有机会的时候,再来写了。

一九三六年八月在福州

绿

朱自清

我第二次到仙岩的时候,我惊诧于梅雨潭的绿了。

梅雨潭是一个瀑布潭。仙岩有三个瀑布,梅雨瀑最低。走到山边,便听见花花花花的声音;抬起头,镶在两条湿湿的黑边儿里的,一带白而发亮的水便呈现于眼前了。我们先到梅雨亭。梅雨亭正对着那条瀑布;坐在亭边,不必仰头,便可见它的全体了。亭下深深的便是梅雨潭。这个亭踞在突出的一角的岩石上,上下都空空儿的;仿佛一只苍鹰展着翼翅浮在天宇中一般。三面都是山,像半个环儿拥着;人如在井底了。这是一个秋季的薄阴的天气。微微的云在我们顶上流着;岩面与草丛都从润湿中透出几分油油的绿意。而瀑布也似乎分外的响了。那瀑布从上面冲下,仿佛已被扯成大小的几绺;不复是一幅整齐而平滑的布。岩上有许多棱角;瀑流经过时,作急剧的撞击,便飞花碎玉般乱溅着了。那溅着的水花,晶莹而多芒;远望去,像一朵朵小小的白梅,微雨似的纷纷落着。据说,这就是梅雨潭之所以得名了。但我觉得像杨花,格外确切些。轻风起来时,点点随风飘散,那更是杨花了。——这时偶然有几点送入我们温暖的怀里,便倏地钻了进去,再也寻它不着。

梅雨潭闪闪的绿色招引着我们;我们开始追捉她那离合的神光

了。揪着草，攀着乱石，小心探身下去，又鞠躬过了一个石穹门，便到了汪汪一碧的潭边了。瀑布在襟袖之间；但我的心中已没有瀑布了。我的心随潭水的绿而摇荡。那醉人的绿呀！仿佛一张极大极大的荷叶铺着，满是奇异的绿呀。我想张开两臂抱住她；但这是怎样一个妄想呀。——站在水边，望到那面，居然觉着有些远呢！这平铺着，厚积着的绿，着实可爱。她松松地皱缬着，像少妇拖着的裙幅；她轻轻地摆弄着，像跳动的初恋的处女的心；她滑滑地明亮着，像涂了"明油"一般，有鸡蛋清那样软，那样嫩，令人想着所曾触过的最嫩的皮肤；她又不杂些儿尘滓，宛然一块温润的碧玉，只清清的一色——但你却看不透她！我曾见过北京什刹海拂地的绿杨，脱不了鹅黄的底子，似乎太淡了。我又曾见过杭州虎跑寺近旁高峻而深密的"绿壁"，丛叠着无穷的碧草与绿叶的，那又似乎太浓了。其余呢，西湖的波太明了，秦淮河的也太暗了。可爱的，我将什么来比拟你呢？我怎么比拟得出呢？大约潭是很深的，故能蕴蓄着这样奇异的绿；仿佛蔚蓝的天融了一块在里面似的，这才这般的鲜润呀。——那醉人的绿呀！我若能裁你以为带，我将赠给那轻盈的舞女；她必能临风飘举了。我若能挹你以为眼，我将赠给那善歌的盲妹；她必明眸善睐了。我舍不得你；我怎舍得你呢？我用手拍着你，抚摩着你，如同一个十二三岁的小姑娘。我又掬你入口，便是吻着她了。我送你一个名字，我从此叫你"女儿绿"，好么？

　　我第二次到仙岩的时候，我不禁惊诧于梅雨潭的绿了。

2月8日，温州作

白水漈

朱自清

几个朋友伴我游白水漈。这也是个瀑布；但是太薄了，又太细了。有时闪着些须的白光；等你定睛看去，却又没有——只剩一片飞烟而已。从前有所谓"雾縠"，大概就是这样了。所以如此，全由于岩石中间突然空了一段；水到那里，无可凭依，凌虚飞下，便扯得又薄又细了。当那空处，最是奇迹。白光嬗为飞烟，已是影子，有时却连影子也不见。有时微风过来，用纤手挽着那影子，它便袅袅的成了一个软弧；但她的手才松，它又像橡皮带儿似的，立刻伏伏贴贴的缩回来了。我所以猜疑，或者另有双不可知的巧手，要将这些影子织成一个幻网。——微风想夺了她的，她怎么肯呢？

幻网里也许织着诱惑；我的依恋便是个老大的证据。

3月16日，宁波作

白马湖

朱自清

今天是个下雨的日子。这使我想起了白马湖；因为我第一回到白马湖，正是微风飘萧的春日。

白马湖在甬绍铁道的驿亭站，是个极小极小的乡下地方。在北方说起这个名字，管保一百个人一百个人不知道。但那却是一个不坏的地方。这名字先就是一个不坏的名字。据说从前（宋时？）有个姓周的骑白马入湖仙去，所以有这个名字。这个故事也是一个不坏的故事。假使你乐意搜集，或也可编成一本小书，交北新书局印去。

白马湖并非圆圆的或方方的一个湖，如你所想到的，这是曲曲折折大大小小许多湖的总名。湖水清极了，如你所能想到的，一点儿不含糊像镜子。沿铁路的水，再没有比这里清的，这是公论。遇到旱年的夏季，别处湖里都长了草，这里却还是一清如故。白马湖最大的，也是最好的一个，便是我们住过的屋的门前那一个。那个湖不算小，但湖口让两面的山包抄住了。外面只见微微的碧波而已，想不到有那么大的一片。湖的尽里头，有一个三四十户人家的村落，叫作西徐岙，因为姓徐的多。这村落与外面本是不相通的，村里人要出来得撑船。后来春晖中学在湖边造了房子，这才造了两座玲珑的小木桥，筑起一道煤屑路，直通到驿亭车站。那是窄窄的一条人行路，蜿蜒曲折的，路上虽常不见人，走起来却不见寂寞——尤其在微雨的春天，一个初到的来客，他左顾右盼，是只有觉得热闹的。

　　春晖中学在湖的最胜处，我们住过的屋也相去不远，是半西式。湖光山色从门里从墙头进来，到我们窗前、桌上。我们几家接连着；丏翁的家最讲究。屋里有名人字画，有古磁，有铜佛，院子里满种着花。屋子里的陈设又常常变换，给人新鲜的受用。他有这样好的屋子，又是好客如命，我们便不时地上他家里喝老酒。丏翁夫人的烹调也极好，每回总是满满的盘碗拿出来，空空的收回去。白马湖最好的时候是黄昏。湖上的山笼着一层青色的薄雾，在水里映着参差的模糊的影子。水光微微地暗淡，像是一面古铜镜。轻风吹来，有一两缕波纹，但随即平静了。天上偶见几只归鸟，我们看着它们越飞越远，直到不见为止。这个时候便是我们喝酒的时候。我们说话很少；上了灯话才多些，但大家都已微有醉意，是该回家的时候了。若有月光也许还得徘徊一会；若是黑夜，便在暗里摸索醉着回去。

　　白马湖的春日自然最好。山是青得要滴下来，水是满满的、软软的。小马路的两边，一株间一株地种着小桃与杨柳。小桃上各缀着几朵重瓣的红花，像夜空的疏星。杨柳在暖风里不住地摇曳。在这路上走着，时而听见锐而长的火车的笛声是别有风味的。在春天，不论是晴是雨，是月夜是黑夜，白马湖都好。——雨中田里菜花的颜色最早鲜艳；黑夜虽什么不见，但可静静地受用春天的力量。夏夜也有好处，有月时可以在湖里划小船，四面满是青霭。船上望别的村庄，像是蜃楼海市，浮在水上，迷离惝恍的；有时听见人声或犬吠，大有世外之感。若没有月呢，便在田野里看萤火。那萤火不是一星半点的，如你们在城中所见；那是成千成百的萤火。一片儿飞出来，像金线网似的，又像耍着许多火绳似的。只有一层使我愤恨。那里水田多，蚊子太多，而且几乎全闪闪烁烁是疟蚊子。我们一家都染了疟疾，至今三四年了，还有未断根的。蚊子多足以减少露坐夜谈或划船夜游的兴致，这未免是美中不足了。

　　离开白马湖是三年前的一个冬日。前一晚"别筵"上，有丐翁与云君。我不能忘记丐翁，那是一个真挚豪爽的朋友。但我也不能忘记云君，我应该这样说，那是一个可爱的——孩子。

七月十四日，北平

论青年

朱自清

冯友兰先生在《新事论·赞中华》篇里第一次指出现在一般人对于青年的估价超过老年之上。这扼要地说明了我们的时代。这是青年时代,而这时代该从"五四"运动开始。从那时起,青年人才抬起了头,发现了自己,不再仅仅的做祖父母的孙子,父母的儿子,社会的小孩子。他们发现了自己,发现了自己的群,发现了自己和自己的群的力量。他们跟传统斗争,跟社会斗争,不断的在争取自己领导权甚至社会领导权,要名副其实的做新中国的主人。但是,像一切时代一切社会一样,中国的领导权掌握在老年人和中年人的手里,特别是中年人的手里。于是乎来了青年的反抗,在学校里反抗师长,在社会上反抗统治者。他们反抗传统和纪律,用怠工,有时也用挺击。中年统治者记得"五四"以前青年的沉静,觉着现在青年爱捣乱,惹麻烦,第一步打算压制下去。可是不成。于是乎敷衍下去。敷衍到了难以收拾的地步,来了集体训练,开出新局面,可是还得等着瞧呢。

青年反抗传统,反抗社会,自古已然,只是一向他们低头受压,使不出大力气,见得沉静罢了。家庭里父代和子代闹别扭是常见的,正是压制与反抗的征象。政治上也有老少两代的斗争,汉朝的贾谊到戊戌六君子,例子并不少。中年人总是在统治的地位,老年人势力足以影响他们的地位时,就是老年时代,青年人势力足以影响他们的地位时,就是青年时代。老年和青年的势力互为消长,中年人却总是在位,因此无所谓中年时代。老年人的衰朽,是过去,青年人还幼稚,是将来,占有现在的只是中年人。他们一面得安慰老年人,培植青年人,一面也在讥笑前者,烦厌后者。安慰还是顺的,培植却常是逆的,所以更难。培植是凭中年人的学识经验做标准,大致要养成有为有守爱人爱物的中国人。青年却恨这种切近的典型的标准妨碍他们飞跃的理想。他们不甘心在理想还未疲倦的时候就被压进典型里去,所以总是挣扎着,在憧憬那海阔天空的境界。中年人不能了解青年人为什么总爱旁逸斜出不走正路,说是时代病。其实这倒是成德达材的大路;压迫的,挣扎着,材德的达成就在这两种力的平衡里。这两种力永恒的一步步平衡着,自古已然,不过现在更其表面化罢了。

青年人爱说自己是"天真的""纯洁的"。但是看看这时代,老练的青年可真不少。老练却只是工于自谋,到了临大事,决大疑,似乎又见得幼稚了。青年要求进步,要求改革,自然很好,他们有的是奋斗的力量。不过大处着眼难,小处下手易,他们的饱满的精力也许终于只用在自己的物质的改革跟进步上;于是骄奢淫逸,无所不为,有利无义,有我无人。中年里原也不缺少这种人,效率却赶不上青年的大。眼光小还可以有一步路,便是做自了汉,得过且过地活下去;或者更退一步,遇事消极,马马虎虎对付着,一点不认真。中年人这两种也够多的。可是青年时就染上这些习气,未老先衰,不免更教人毛骨悚然。所幸青年人容易回头,"浪子回头金不换",不像中年人往往将错就错，一直沉到底里去。

青年人容易脱胎换骨改样子，是真可以自负之处；精力足，岁月长，前路宽，也是真可以自负之处。总之可能多。可能多倚仗就大，所以青年人狂。人说青年时候不狂，什么时候才狂？不错。但是这狂气到时候也得收拾一下，不然会忘其所以的。青年人爱讽刺，冷嘲热骂，一学就成，挥之不去；但是这只足以取快一时，久了也会无聊起来的。青年人骂中年人逃避现实，圆通，不奋斗，妥协，自有他们的道理。不过青年人有时候让现实笼罩住，伸不出头，张不开眼，只模糊地看到面前一段儿路，真是"前不见古人，后不见来者"。这又是小处。若是能够偶然到所谓"世界外之世界"里歇一下脚，也许可以将自己放大些。青年也有时候偏执不回，过去一度以为读书就不能救国就是的。那时蔡子民先生却指出"读书不忘救国，救国不忘读书"。这不是妥协，而是一种权衡轻重的圆通观。懂得这种圆通，就可以将自己放平些。能够放大自己，放平自己，才有真正的"工作与严肃"，这里就需要奋斗了。

蔡子民先生不愧人师，青年还是需要人师。用不着满口仁义道德，道貌岸然，也用不着一手摊经，一手握剑，只要认真而亲切的服务，就是人师。但是这些人得组织起来，通力合作。讲情理，可是不敷衍，重诱导，可还归到守法上。不靠婆婆妈妈气去乞怜青年人，不靠甜言蜜语去买好青年人，也不靠刀子手枪去示威青年人。只言行一致后先一致的按着应该做的放胆放手做去。不过基础得打在学校里；学校不妨尽量社会化，青年训练却还是得在学校里。学校好像实验室，可以严格地计划着进行一切；可不是温室，除非让它堕落到那地步。 训练该注重集体的，集体训练好，个体也会改样子。人说教师只消传授知识就好，学生做人，该自己磨练去。但是得先有集体训练，教青年有胆量帮助人，制裁人，然后才可以让他们自己磨练去。这种集体训练的大任，得教师担当起来。现行的导师制注重个别指导，琐碎而难实践，不如缓办，让大家集中力量到集体训练上。学校以外倒是先有了集中训练，从集中军训起头，跟着来了各种训练班。前者似乎太单纯了，效果和预期差得多，后者好像还差不多。不过训练班至多只是百尺竿头更进一步，培植根基还得在学校里。在青年时代，学校的使命更重大了，中年教师的责任也更重大了，他们得任劳任怨地领导一群群青年人走上那成德达材的大路。

《中学生》，1944年

笑

林徽因

笑的是她的眼睛，口唇，

和唇边浑圆的漩涡。

艳丽如同露珠，

朵朵的笑向

贝齿的闪光里躲。

那是笑——神的笑，美的笑：

水的映影，风的轻歌。

笑的是她惺松的鬈发

散乱地挨着她耳朵。

轻软如同花影，

痒痒的甜蜜

涌进了你的心窝。

那是笑——诗的笑，画的笑：

云的留痕，浪的柔波。

别丢掉

林徽因

别丢掉

这一把过往的热情,

现在流水似的,

轻轻

在幽冷的山泉底,

在黑夜,在松林,

叹息似的渺茫,

你仍要保存着那真!

一样是月明,

一样是隔山灯火,

满天的星,

只使人不见,

梦似的挂起,

你向黑夜要回

那一句话——你仍得相信

山谷中留着

有那回音!

二十一年夏

记忆

林徽因

断续的曲子,最美或最温柔的
夜,带着一天的星。
记忆的梗上,谁不有
两三朵娉婷,披着情绪的花
无名地展开
野荷的香馥,
每一瓣静处的月明。

湖上风吹过,额发乱了,或是
水面皱起像鱼鳞的锦。
四面里的辽阔,如同梦
荡漾着中心彷徨的过往
不着痕迹,谁都
认识那图画,
沉在水底记忆的倒影!

二十五年二月

山中

林徽因

紫色山头抱住红叶,将自己影射在山前,
人在小石桥上走过,渺小的追一点子思念。
高峰外云在深蓝天里镶白银色的光转,
用不着桥下黄叶,人在泉边,才忆起夏天!

也不因一个人孤独地走路,路更蜿蜒,
短白墙房舍像画,仍画在山坳另一面,
只这丹红叶叶替代人记忆失落的层翠,
深浅围抱这同一个山头,惆怅如薄层烟。

山中斜长条青影,如今红萝乱在四面,
百万落叶火焰在寻觅山石荆草边,
当时黄月下共坐天真的青年人情话,相信
那三两句长短,星子般扔挂秋风里不变。

廿五年秋

蛛丝和梅花

林徽因

真真的就是那么两根蛛丝,由门框边轻轻地牵到一枝梅花上。就是那么两根细丝,迎着太阳光发亮……再多了,那还像样么?一个摩登家庭如何能容蛛网在光天白日里作怪,管它有多美丽,多玄妙,多细致,够你对着它联想到一切自然,造物的神工和不可思议处;这两根丝本来就该使人脸红,且在冬天够多特别!可是亮亮的,细细的,倒有点像银,也有点像玻璃制的细丝,委实不算讨厌,尤其是它们那么潇脱风雅,偏偏那样有意无意的斜着搭在梅花的枝梢上。

你向着那丝看,冬天的太阳照满了屋内,窗明几净,每朵含苞的,开透的,半开的梅花在那里挺秀吐香,情绪不禁迷茫缥缈地充溢心胸,在那刹那的时间中振荡。同蛛丝一样的细弱,和不必需,思想开始抛引出去;由过去牵到将来,意识的,非意识的,由门框梅花牵出宇宙,浮云沧波踪迹不定。是人性,艺术,还是哲学,你也无暇计较,你不能制止你情绪的充溢,思想的驰骋,蛛丝梅花竟然是瞬息可以千里!

好比你是蜘蛛,你的周围也有你自织的蛛网,细致地牵引着天地,不怕多少次风雨来吹断它,你不会停止了这生命上基本的活动。此刻——"……一枝斜好,幽香不知甚处,……"

拿梅花来说吧，一串串丹红的结蕊缀在秀劲的傲骨上，最可爱，最可赏，等半绽将开的错落在老枝上时，你便会心跳！梅花最怕开；开了便没话说。索性残了，沁香拂散同夜里炉火都能成了一种温存的凄清。

记起了，也就是说到梅花，玉兰。初是有个朋友说起初恋时玉兰刚开完，天气每天的暖，住在湖旁，每夜跑到湖边林子里走路，又静坐幽僻石上看隔岸灯火，感到好像仅有如此虔诚的孤对一片泓碧寒星远市，才能把心里情绪抓紧了，放在最可靠最纯净的一撮思想里，始不至亵渎了或是惊着那"寤寐思服"的人儿。那是极年轻的男子初恋的情景，——对象渺茫高远，反而近求"自我的"郁结深浅，——他问起少女的情绪。

就在这里，忽记起梅花。一枝两枝，老枝细枝，横着，虬着，描着影子，喷着细香；太阳淡淡金色地铺在地板上；四壁琳琅，书架上的书和书签都像在发出言语；墙上小对联记不得是谁的集句；中条是东坡的诗。你敛住气，简直不敢喘息，踮起脚，细小的身形嵌在书房中间，看残照当窗，花影摇曳，你像失落了什么，有点迷惘。又像"怪东风着意相寻"，有点儿没主意！浪漫，极端的浪漫。"飞花满地谁为扫？"你问，情绪风似的吹动，卷过，停留在惜花上面。再回头看看，花依旧嫣然不语。"如此娉婷，谁人解看花意"，你更沉默，几乎热情得感到花的寂寞，开始怜花，把同情统统诗意的交给了花心！

这不是初恋，是未恋，正自觉"解看花意"的时代。情绪的不同，不止是男子和女子有分别，东方和西方也甚有差异。情绪即使根本相同，情绪的象征，情绪所寄托，所栖止的事物却常常不同。水和星子同西方情绪的联系，早就成了习惯。一颗星子在蓝天里闪，一流冷涧倾泄一片幽愁的平静，便激起他们诗情的波涌，心里甜蜜的，热情的便唱着由那些鹅羽的笔锋散下来的"她的眼如同星子在暮天里闪"，或是"明丽如同单独的那颗星，照着晚来的天"，或"多少次了，在一流碧水旁边，忧愁倚下她低垂的脸"。

惜花，解花太东方，亲昵自然，含着人性的细致是东方传统的情绪。

此外年龄还有尺寸，一样是愁，却跃跃似喜，十六岁时的，微风零乱，不颓废，不空虚，踮着理想的脚充满希望，东方和西方却一样。人老了脉脉烟雨，愁吟或牢骚多折损诗的活泼。大家如香山，稼轩，东坡，放翁的白发华发，很少不梗在诗里，至少是令人不快。话说远了，刚说是惜花，东方老少都免不了这嗜好，这倒不论老的雪鬓曳杖，深闺里也就攒眉千度。

最叫人惜的花是海棠一类的"春红"，那样娇嫩明艳，开过了残红满地，太招惹同情和伤感。但在西方即使也有我们同样的花，也还缺乏我们的廊庑庭院。有了"庭院深深深几许"才有一种庭院里特有的情绪。如果李易安的"斜风细雨"底下不是"重门须闭"也就不"萧条"得那样深沉可爱；李后主的"终日谁来"也一样的别有寂寞滋味。看花更须庭院，常常锁在里面认识，不时还得有轩窗栏杆，给你一点凭借，虽然也用不着十二栏杆倚遍，那么慵弱无聊。

当然旧诗里伤愁太多；一首诗竟像一张美的证券，可以照着市价去兑现！所以庭花，乱红，黄昏，寂寞太滥，诗常失却诚实。西洋诗，恋爱总站在前头，或是"忘掉"，或是"记起"，月是为爱，花也是为爱，只使全是真情，也未尝不太腻味。就以两边好的来讲；拿他们的月光同我们的月色比，似乎是月色滋味深长得多。花更不用说了；我们的花"不是预备采下缀成花球，或花冠献给恋人的"，却是一树一树绰约的，个性的，自己立在情人的地位上接受恋歌的。

　　所以未恋时的对象最自然的是花，不是因为花而起的感慨，——十六岁时无所谓感慨，——仅是刚说过的自觉解花的情绪，寄托在那清丽无语的上边，你心折它绝韵孤高，你为花动了感情，实说你同花恋爱，也未尝不可，——那惊讶狂喜也不减于初恋。还有那凝望，那沉思……

　　一根蛛丝！记忆也同一根蛛丝，搭在梅花上就由梅花枝上牵引出去，虽未织成密网，这诗意的前后，也就是相隔十几年的情绪的联络。

　　午后的阳光仍然斜照，庭院阒然，离离疏影，房里窗棂和梅花依然伴和成为图案，两根蛛丝在冬天还可算为奇迹，你望着它看，真有点像银，也有点像玻璃，偏偏那么斜挂在梅花的枝梢上。

二十五年新年漫记

惟其是脆嫩

林徽因

活在这非常富于刺激性的年头里,我敢喘一口气说,我相信一定有多数人成天里为观察听闻到的,牵动了神经,从跳动而有血裹着的心底下累积起各种的情感,直冲出嗓子,逼成了语言到舌头上来。这自然丰富的累积,有时更会倾溢出少数人的唇舌,再奔进到笔尖上,另具形式变成在白纸上驰骋的文字。这种文字便全是我们这个时代的出产,大家该千万珍视它!

现在,无论在那里,假如有一个或种的机会,我们能把许多这种自然触发出来的文字,交出给同时代的大众见面,因而或能激动起更多方面,更复杂的情感,和由这情感而形成更多方式的文字;一直造成了一大片丰富而且有力的创作的田壤,森林,江山……产生结结实实的我们这个时代特有的表情和文章;我们该不该诚恳地注意到这机会或能造出的事业,各人将各人的一点点心血献出来尝试?

假使,这里又有了机会联聚起许多人,为要介绍许多方面的文字,更连而研讨文章的质的方面;或指出已往文章的历程,或讲究到各种文章上比较的问题,连而无形的讲究到程度和标准等问题,我又敢相信,在这种景况下定会发生更严重鼓励写作的主动力。使创作界增加问题,或许。惟其是增加了问题,才助益到创造界的活泼和健康。文艺决不是蓬勃丛生的野草。

我们可否直爽地承认一桩事？创作的鼓动时常要靠着刊物把它的成绩布散出去吹风，晒太阳，和时代的读者把晤的。被风吹冷了，太阳晒萎了，固常有的事。被读者所欢迎，所冷淡，或误会，或同情，归根应该都是激励创造力的药剂！至于，一来就高举趾，二来就气馁的作者，每个时代都免不了有他们起落踪迹。这个与创作界主体的展动只成枝节问题。那一个创作兴旺的时代缺得了介绍散布作品的刊物，同那或能同情，或不了解的读众？

创作品是不能不与时代见面的，虽然作者的名姓，则并不一定。伟大作品没有和本时代见面，而被他时代发现珍视的固然有，但也只是偶然例外的事。希腊悲剧是在几万人前面唱演的，莎士比亚的戏更是街头巷尾的粗人都看得到的。到有刊物时代的欧洲，更不用说，一首诗文出来人人争买着看，就是中国在印刷艰难的时候，也是什么"传诵一时"；什么"人手一抄"等……

创作的主力固在心底，但逼迫着这只有时间性的情绪语言而留它在空间里的，却常是刊物这一类的鼓励和努力所促成。

现走遍人间是能刺激起创作的主力。尤其在中国，这种日子，那一副眼睛看到了些什么，舌头底下不立刻紧急的想说话，乃至于歌泣！如果创作界仍然有点消沉寂寞的话——努力的少，尝试的稀罕——那或是有别的缘故而使然。我们问：能鼓励创作界的活跃性的是些什么？刊物是否可以救济这消沉的？努力过刊物的诞生的人们，一定知道刊物又时常会因为别的复杂原因而夭折的。它常是极脆嫩的孩儿……那么有创作冲动的笔锋，努力于刊物的手臂，此刻何不联在一起，再来一次合作，逼着创造界又挺出一个新鲜的萌芽！管它将来能不能成田壤，成森林，成江山，一个萌芽是一个萌芽。脆嫩？惟其是脆嫩，我们大家才更要来爱护它。

这时代是我们特有的，结果我们单有情感而没有表现这情绪的艺术，眼看着后代人笑我们是黑暗时代的哑子，没有艺术，没有文章，乃至于怀疑到我们有不有情感！

回头再看到祖宗传流下那神气的衣钵，怎不觉得惭愧！说世乱，杜老头子过的是什么日子！辛稼轩当日的愤慨当使我们同情！……何必诉，诉不完。难道现在我们这时代没有形形色色的人物，喜剧悲剧般的人生作题？难道我们现时没有美丽，没有风雅，没有丑陋，恐慌，没有感慨，没有希望？！难道连经这些天灾战祸，我们都不会描述，身受这许多刺骨的辱痛，我们都不会愤慨高歌迸出一缕滚沸的血流？！

难道我们真麻木了不成？难道我们这时代的语辞真贫穷得不能达意？难道我们这时代真没有学问真没有文章？！朋友们努力挺出一根活的萌芽来，记着这个时代是我们的。

断魂枪

老舍

  沙子龙的镖局已改成客栈。

  东方的大梦没法子不醒了。炮声压下去马来与印度野林中的虎啸。半醒的人们，揉着眼，祷告着祖先与神灵；不大会儿，失去了国土、自由与主权。门外立着不同面色的人，枪口还热着。他们的长矛毒弩，花蛇斑彩的厚盾，都有什么用呢；连祖先与祖先所信的神明全不灵了啊！龙旗的中国也不再神秘，有了火车呀，穿坟过墓破坏着风水。枣红色多穗的镖旗，绿鲨皮鞘的钢刀，响着串铃的口马，江湖上的智慧与黑话，义气与声名，连沙子龙，他的武艺、事业，都梦似的变成昨夜的。今天是火车、快枪，通商与恐怖。听说，有人还要杀下皇帝的头呢！

  这是走镖已没有饭吃，而国术还没被革命党与教育家提倡起来的时候。

  谁不晓得沙子龙是短瘦、利落、硬棒，两眼明得像霜夜的大星？可是，现在他身上放了肉。镖局改了客栈，他自己在后小院占着三间北房，大枪立在墙角，院子里有几只楼鸽。只是在夜间，他把小院的门关好，熟习熟习他的"五虎断魂枪"。这条枪与这套枪，二十年的工夫，在西北一带，给他创出来："神枪沙子龙"五个字，没遇见过敌手。现在，这条枪与这套枪不会再替他增光显胜了；只是摸摸这凉、滑、硬而发颤的杆子，使他心中少难过一些而已。只有在夜间独自拿起枪来，才能相信自己还是"神枪沙"。在白天，他不大谈武艺与往事；他的世界已被狂风吹了走。

  在他手下创练起来的少年们还时常来找他。他们大多数是没落子弟，都有点武艺，可是没地方去用。有的在庙会上去卖艺：踢两趟腿，练套家伙，翻几个跟头，附带着卖点大力丸，混个三吊两吊的。有的实在闲不起了，去弄筐果子，或挑些毛豆角，赶早儿在街上论斤吆喝出去。那时候，米贱肉贱，肯卖膀子力气本来可以混个肚儿圆；他们可是不成：肚量既大，而且得吃口管事儿的；干饽饽辣饼子咽不下去。况且他们还时常去走会：五虎棍，开路，太狮少狮……虽然算不了什么——比起走镖来——可是到底有个机会活动活动，露露脸。是的，走会捧场是买脸的事，他们打扮的得像个样儿，至少得有条青洋绉裤子，新漂白细市布的小褂，和一双鱼鳞洒鞋——顶好是青缎子抓地虎靴子。他们是神枪沙子龙的徒弟——虽然沙子龙并不承认——得到处露脸，走会得赔上俩钱，说不定还得打场架。没钱，上沙老师那里去求。沙老师不含糊，多少不拘，不让他们空着手儿走。可是，为打架或献技去讨教一个招数，或是请给说个"对子"——什么空手夺刀，或虎头钩进枪——沙老师有时说句笑话，马虎过去："教什么？拿开水浇吧！"有时直接把他们赶出去。他们不大明白沙老师是怎么了，心中也有点不乐意。

  可是，他们到处为沙老师吹腾，一来是愿意使人知道他们的武艺有真传授，受过高人的指教；二来是为激动沙老师：万一有人不服气而找上老师来，老师难道还不露一两手真的么？所以：沙老师一拳就砸倒了个牛！沙老师一脚把人踢到房上去，并没使多大的劲！他们谁也没见过这种事，但是说着说着，他们相信这是真的了，有年月，有地方，千真万确，敢起誓！

王三胜——沙子龙的大伙计——在土地庙拉开了场子，摆好了家伙。抹了一鼻子茶叶末色的鼻烟，他抡了几下竹节钢鞭，把场子打大一些。放下鞭，没向四围作揖，叉着腰念了两句："脚踢天下好汉，拳打五路英雄！"向四围扫了一眼："乡亲们，王三胜不是卖艺的；玩艺儿会几套，西北路上走过镖，会过绿林中的朋友。现在闲着没事，拉个场子陪诸位玩玩。有爱练的尽管下来，王三胜以武会友，有赏脸的，我陪着。神枪沙子龙是我的师傅；玩艺地道！诸位，有愿下来的没有？"他看着，准知道没人敢下来，他的话硬，可是那条钢鞭更硬，十八斤重。

王三胜，大个子，一脸横肉，努着对大黑眼珠，看着四围。大家不出声。他脱了小褂，紧了紧深月白色的"腰里硬"，把肚子杀进去。给手心一口唾沫，抄起大刀来：

"诸位，王三胜先练趟瞧瞧。不白练，练完了，带着的扔几个；没钱，给喊个好，助助威。这儿没生意口。好，上眼！"

大刀靠了身，眼珠努出多高，脸上绷紧，胸脯子鼓出，像两块老桦木根子。一跺脚，刀横起，大红缨子在肩前摆动。削砍劈拨，蹲越闪转，手起风生，忽忽直响。忽然刀在右手心上旋转，身弯下去，四围鸦雀无声,只有缨铃轻叫。刀顺过来,猛的一个"跺泥",身子直挺,比众人高着一头,黑塔似的。收了势:"诸位!"一手持刀,一手叉腰,看着四围。稀稀地扔下几个铜钱,他点点头。"诸位!"他等着,等着,地上依旧是那几个亮而削薄的铜钱,外层的人偷偷散去。他咽了口气:"没人懂!"他低声地说,可是大家全听见了。

"有功夫!"西北角上一个黄胡子老头儿答了话。

"啊?"王三胜好似没听明白。

"我说:你——有——功——夫!"老头子的语气很不得人心。

放下大刀,王三胜随着大家的头往西北看。谁也没看重这个老人:小干巴个儿,披着件粗蓝布大衫,脸上窝窝瘪瘪,眼陷进去很深,嘴上几根细黄胡,肩上扛着条小黄草辫子,有筷子那么细,而绝对不像筷子那么直顺。王三胜可是看出这老家伙有功夫,脑门亮,眼睛亮——眼眶虽深,眼珠可黑得像两口小井,深深地闪着黑光。王三胜不怕:他看得出别人有功夫没有,可更相信自己的本事,他是沙子龙手下的大将。

"下来玩玩,大叔!"王三胜说得很得体。

点点头,老头儿往里走。这一走,四外全笑了。他的胳臂不大动;左脚往前迈,右脚随着拉上来,一步步的往前拉扯,身子整着,像是患过瘫痪病。蹭到场中,把大衫扔在地上,一点没理会四围怎样笑他。

"神枪沙子龙的徒弟,你说?好,让你使枪吧;我呢?"老头子非常的干脆,很像久想动手。

人们全回来了，邻场耍狗熊的无论怎么敲锣也不中用了。

"三截棍进枪吧？"王三胜要看老头子一手，三截棍不是随便就拿得起来的家伙。

老头子又点点头，拾起家伙来。

王三胜努着眼，抖着枪，脸上十分难看。

老头子的黑眼珠更深更小了，像两个香火头，随着面前的枪尖儿转，王三胜忽然觉得不舒服，那俩黑眼珠似乎要把枪尖吸进去！四外已围得风雨不透，大家都觉出老头子确是有威。为躲那对眼睛，王三胜耍了个枪花。老头子的黄胡子一动："请！"王三胜一扣枪，向前躬步，枪尖奔了老头子的喉头去，枪缨打了一个红旋。老人的身子忽然活展了，将身微偏，让过枪尖，前把一挂，后把撩王三胜的手。拍，拍，两响，王三胜的枪撒了手。场外叫了好。王三胜连脸带胸口全紫了，抄起枪来；一个花子，连枪带人滚了过来，枪尖奔了老人的中部。老头子的眼亮得发着黑光；腿轻轻一屈，下把掩裆，上把打着刚要抽回的枪杆；拍，枪又落在地上。

场外又是一片彩声。王三胜流了汗，不再去拾枪，努着眼，木在那里。老头子扔下家伙，拾起大衫，还是拉拉着腿，可是走得很快了。大衫搭在臂上，他过来拍了王三胜一下："还得练哪，伙计！"

"别走！"王三胜擦着汗，"你不离，姓王的服了！可有一样，你敢会会沙老师？"

"就是为会他才来的！"老头子的干巴脸上皱起点来，似乎是笑呢，"走；收了吧；晚饭我请！"

王三胜把兵器拢在一处，寄放在变戏法二麻子那里，陪着老头子往庙外走。后面跟着不少人，他把他们骂散了。

　　"你老贵姓？"他问。

　　"姓孙哪，"老头子的话与人一样，都那么干巴，"爱练；久想会会沙子龙。"

　　沙子龙不把你打扁了！王三胜心里说。他脚底下加了劲，可是没把孙老头落下。他看出来，老头子的腿是老走着查拳门中的连跳步；交起手来，必定很快。但是，无论他怎么快，沙子龙是没对手的。准知道孙老头要吃亏，他心中痛快了些，放慢了些脚步。

　　"孙大叔贵处？"

　　"河间的，小地方。"孙老者也和气了些，"月棍年刀一辈子枪，不容易见功夫！说真的，你那两手就不坏！"

　　王三胜头上的汗又回来了，没言语。

　　到了客栈，他心中直跳，唯恐沙老师不在家，他急于报仇。他知道老师不爱管这种事，师弟们已碰过不少回钉子，可是他相信这回必定行，他是大伙计，不比那些毛孩子；再说，人家在庙会上点名叫阵，沙老师还能丢这个脸么？

　　"三胜，"沙子龙正在床上看着本《封神榜》，"有事吗？"

　　三胜的脸又紫了，嘴唇动着，说不出话来。

　　沙子龙坐起来："怎么了，三胜？"

　　"栽了跟头！"

　　只打了个不甚长的哈欠，沙老师没别的表示。

王三胜心中不平，但是不敢发作；他得激动老师："姓孙的一个老头儿，门外等着老师呢；把我的枪，枪，打掉了两次！"他知道"枪"字在老师心中有多大分量。没等盼咐，他慌忙跑出去。

客人进来，沙子龙在外间屋等着呢。彼此拱手坐下，他叫三胜去泡茶。三胜希望两个老人立刻交了手，可是不能不沏茶去。孙老者没话讲，用深藏着的眼睛打量沙子龙。沙很客气：

"要是三胜得罪了你，不用理他，年纪还轻。"

孙老者有些失望，可也看出沙子龙的精明。他不知怎样好了，不能拿一个人的精明断定他的武艺。"我来领教领教枪法！"他不由地说出来。

沙子龙没接碴儿。王三胜提着茶壶走进来——急于看二人动手，他没管水开了没有，就沏在壶中。

"三胜，"沙子龙拿起个茶碗来，"去找小顺们去，天汇见，陪孙老者吃饭。"

"什么！"王三胜的眼珠几乎掉出来。看了看沙老师的脸，他敢怒而不敢言地说了声"是啦！"走出去，噘着大嘴。

"教徒弟不易！"孙老者说。

"我没收过徒弟。走吧，这个水不开！茶馆去喝，喝饿了就吃。"沙子龙从桌子上拿起缎子褡裢，一头装着鼻烟壶，一头装着点钱，挂在腰带上。

"不，我还不饿！"孙老者很坚决，两个"不"字把小辫从肩上抡到后边去。

"说会子话儿。"

"我来为领教领教枪法。"

"功夫早搁下了，"沙子龙指着身上，"已经放了肉！"

"这么办也行，"孙老者深深地看了沙老师一眼，"不比武，教给我那趟五虎断魂枪。"

"五虎断魂枪？"沙子龙笑了，"早忘干净了！早忘干净了！告诉你，在我这儿住几天，咱们各处逛逛，临走，多少送点盘缠。"

"我不逛，也用不着钱，我来学艺！"孙老者立起来，"我练趟给你看看，看够得上学艺不够！"一屈腰已到了院中，把楼鸽都吓飞起去。拉开架子，他打了趟查拳：腿快，手飘洒，一个飞脚起去，小辫儿飘在空中，像从天上落下来一个风筝；快之中，每个架子都摆得稳、准、利落；来回六趟，把院子满都打到，走得圆，接得紧，身子在一处，而精神贯串到四面八方。抱拳收势，身儿缩紧，好似满院乱飞的燕子忽然归了巢。

"好！好！"沙子龙在台阶上点着头喊。

"教给我那趟枪！"孙老者抱了抱拳。

沙子龙下了台阶，也抱着拳："孙老者，说真的吧；那条枪和那套枪都跟我入棺材，一齐入棺材！"

"不传？"

"不传！"

孙老者的胡子嘴动了半天，没说出什么来。到屋里抄起蓝布大衫，拉拉着腿："打搅了，再会！"

"吃过饭走！"沙子龙说。

孙老者没言语。

沙子龙把客人送到小门，然后回到屋中，对着墙角立着的大枪点了点头。

他独自上了天汇，怕是王三胜们在那里等着。他们都没有去。

王三胜和小顺们都不敢再到土地庙去卖艺，大家谁也不再为沙子龙吹胜；反之，他们说沙子龙栽了跟头，不敢和个老头儿动手；那个老头子一脚能踢死个牛。不要说王三胜输给他，沙子龙也不是他的对手。不过呢，王三胜到底和老头子见了个高低，而沙子龙连句硬话也没敢说。"神枪沙子龙"慢慢似乎被人们忘了。

夜静人稀，沙子龙关好了小门，一气把六十四枪刺下来；而后，拄着枪，望着天上的群星，想起当年在野店荒林的威风。叹一口气，用手指慢慢摸着凉滑的枪身，又微微一笑："不传！不传！"

春风

老舍

济南与青岛是多么不相同的地方呢！一个设若比作穿肥袖马褂的老先生，那一个便应当是摩登的少女。可是这两处不无相似之点。拿气候说吧，济南的夏天可以热死人，而青岛是有名的避暑所在；冬天，济南也比青岛冷。但是，两地的春秋颇有点相同。济南到春天多风，青岛也是这样；济南的秋天是长而晴美，青岛亦然。

对于秋天，我不知应爱哪里的：济南的秋是在山上，青岛的是海边。济南是抱在小山里的；到了秋天，小山上的草色在黄绿之间，松是绿的，别的树叶差不多都是红与黄的。就是那没树木的山上，也增多了颜色——日影、草色、石层，三者能配合出种种的条纹，种种的影色。配上那光暖的蓝空，我觉到一种舒适安全，只想在山坡上似睡非睡的躺着，躺到永远。青岛的山——虽然怪秀美——不能与海相抗，秋海的波还是春样的绿，可是被清凉的蓝空给开拓出老远，平日看不见的小岛清楚地点在帆外。这远到天边的绿水使我不愿思想而不得不思想；一种无目的的思虑，要思虑而心中反倒空虚了些。济南的秋给我安全之感，青岛的秋引起我甜美的悲哀。我不知应当爱哪个。

两地的春可都被风给吹毁了。所谓春风，似乎应当温柔，轻吻着柳枝，微微吹皱了水面，偷偷地传送花香，同情地轻轻掀起禽鸟的羽毛。济南与青岛的春风都太粗猛。济南的风每每在丁香海棠开花的时候把天刮黄，什么也看不见，连花都埋在黄暗中，青岛的风少一些沙土，可是狡猾，在已很暖的时节忽然来一阵或一天的冷风，把一切都送回冬天去，棉衣不敢脱，花儿不敢开，海边翻着愁浪。

　　两地的风都有时候整天整夜的刮。春夜的微风送来雁叫，使人似乎多些希望。整夜的大风，门响窗户动，使人不英雄的把头埋在被子里；即使无害，也似乎不应该如此。对于我，特别觉得难堪。我生在北方，听惯了风，可也最怕风。听是听惯了，因为听惯才知道那个难受劲儿。它老使我坐卧不安，心中游游摸摸的，干什么不好，不干什么也不好。它常常打断我的希望：听见风响，我懒得出门，觉得寒冷，心中渺茫。春天仿佛应当有生气，应当有花草，这样的野风几乎是不可原谅的！我倒不是个弱不禁风的人，虽然身体不很足壮。我能受苦，只是受不住风。别种的苦处，多少是在一个地方，多少有个原因，多少可以设法减除；对风是干没办法。总不在一个地方，到处随时使我的脑子晃动像怒海上的船。它使我说不出为什么苦痛，而且没法子避免。它自由地刮，我死受着苦。我不能和风去讲理或吵架。单单在春天刮这样的风！可是跟谁讲理去呢？苏杭的春天应当没有这不得人心的风吧？我不准知道，而希望如此。好有个地方去"避风"呀！

想北平

老舍

设若让我写一本小说,以北平作背景,我不至于害怕,因为我可以捡着我知道的写,而躲开我所不知道的。让我单摆浮搁地讲一套北平,我没办法。北平的地方那么大,事情那么多,我知道的真觉太少了,虽然我生在那里,一直到廿七岁才离开。以名胜说,我没到过陶然亭,这多可笑!以此类推,我所知道的那点只是"我的北平",而我的北平大概等于牛的一毛。

可是,我真爱北平。这个爱几乎是要说而说不出的。我爱我的母亲。怎样爱?我说不出。在我想做一件讨她老人家喜欢的时候,我独自微微地笑着;在我想到她的健康而不放心的时候,我欲落泪。言语是不够表现我的心情的,只有独自微笑或落泪才足以把内心揭露在外面一些来。我之爱北平也近乎这个。夸奖这个古城的某一点是容易的,可是那就把北平看得太小了。我所爱的北平不是枝枝节节的一些什么,而是整个儿与我的心灵相粘合的一段历史,一大块地方,多少风景名胜,从雨后什刹海的蜻蜓一直到我梦里的玉泉山的塔影,都积凑到一块,每一小的事件中有个我,我的每一思念中有个北平,这只有说不出而已。

真愿成为诗人,把一切好听好看的字都浸在自己的心血里,像杜鹃似的啼出北平的俊伟。啊！我不是诗人！我将永远道不出我的爱，一种像由音乐与图画所引起的爱。这不但是辜负了北平，也对不住我自己，因为我的最初的知识与印象都得自北平，它是在我的血里，我的性格与脾气里有许多地方是这古城所赐给的。我不能爱上海与天津，因为我心中有个北平。可是我说不出来！

伦敦，巴黎，罗马与堪司坦丁堡，曾被称为欧洲的四大"历史的都城"。我知道一些伦敦的情形；巴黎与罗马只是到过而已；堪司坦丁堡根本没有去过。就伦敦，巴黎，罗马来说，巴黎更近似北平——虽然"近似"两字要拉扯得很远——不过，假使让我"家住巴黎"，我一定会和没有家一样的感到寂苦。巴黎，据我看，还太热闹。自然，那里也有空旷静寂的地方，可是又未免太旷；不像北平那样既复杂而又有个边际，使我能摸着——那长着红酸枣的老城墙！面向着积水潭，背后是城墙，坐在石上看水中的小蝌蚪或苇叶上的嫩蜻蜓，我可以快乐地坐一天，心中完全安适，无所求也无可怕，像小儿安睡在摇篮里。是的，北平也有热闹的地方，但是它和太极拳相似，动中有静。巴黎有许多地方使人疲乏，所以咖啡与酒是必要的，以便刺激；在北平，有温和的香片茶就够了。

论说巴黎的布置已比伦敦、罗马匀调得多了，可是比上北平还差点事儿。北平在人为之中显出自然，几乎是什么地方既不挤得慌，又不太僻静：最小的胡同里的房子也有院子与树；最空旷的地方也离买卖街与住宅区不远。这种分配法可以算——在我的经验中——天下第一了。北平的好处不在处处设备得完全，而在它处处有空儿，可以使人自由地喘气；不在有好些美丽的建筑，而在建筑的四围都有空闲的地方，使它们成为美景。每一个城楼，每一个牌楼，都可以从老远就看见。况且在街上还可以看见北山与西山呢！

好学的，爱古物的，人们自然喜欢北平，因为这里书多古物多。我不好学，也没钱买古物。对于物质上，我却喜爱北平的花多菜多果子多。花草是种费钱的玩艺，可是此地的"草花儿"很便宜，而且家家有院子，可以花不多的钱而种一院子花，即使算不了什么，可是到底可爱呀。墙上的牵牛，墙根的靠山竹与草茉莉，是多么省钱省事而也足以招来蝴蝶呀！至于青菜，白菜，扁豆，毛豆角，黄瓜，菠菜等等，大多数是直接由城外担来而送到家门口的。雨后，韭菜叶上还往往带着雨时溅起的泥点。青菜摊子上的红红绿绿几乎有诗似的美丽。果子有不少是由西山与北山来的，西山的沙果，海棠，北山的黑枣，柿子，进了城还带着一层白霜儿呀！哼，美国的橘子包着纸；遇到北平的带霜儿的玉李，还不愧杀！

是的，北平是个都城，而能有好多自己产生的花，菜，水果，这就使人更接近了自然。从它里面说，它没有像伦敦的那些成天冒烟的工厂；从外面说，它紧连着园林，菜圃与农村。采菊东篱下，在这里，确是可以悠然见南山的；大概把"南"字变个"西"或"北"，也没有多少了不得的吧。像我这样的一个贫寒的人，或者只有在北平能享受一点清福了。好，不再说了吧；要落泪了，真想念北平呀！

养花

老舍

我爱花,所以也爱养花。我可还没成为养花专家,因为没有工夫去做研究与试验。我只把养花当作生活中的一种乐趣,花开得大小好坏都不计较,只要开花,我就高兴。在我的小院中,到夏天,满是花草,小猫儿们只好上房去玩耍,地上没有它们的运动场。

花虽多,但无奇花异草。珍贵的花草不易养活,看着一棵好花生病欲死是件难过的事。我不愿时时落泪。北京的气候,对养花来说,不算很好。冬天冷,春天多风,夏天不是干旱就是大雨倾盆;秋天最好,可是忽然会闹霜冻。在这种气候里,想把南方的好花养活,我还没有那么大的本事。因此,我只养些好种易活、自己会奋斗的花草。

不过,尽管花草自己会奋斗,我若置之不理,任其自生自灭,它们多数还是会死了的。我得天天照管它们,像好朋友似的关切它们。一来二去,我摸着一些门道:有的喜阴,就别放在太阳地里,有的喜干,就别多浇水。这是个乐趣,摸住门道,花草养活了,而且三年五载老活着、开花,多么有意思呀!不是乱吹,这就是知识呀!多得些知识,一定不是坏事。

我不是有腿病吗,不但不利于行,也不利于久坐。我不知道花草们受我的照顾,感谢我不感谢;我可得感谢它们。在我工作的时候,我总是写了几十个字，就到院中去看看，浇浇这棵，搬搬那盆，然后回到屋中再写一点，然后再出去，如此循环，把脑力劳动与体力劳动结合到一起，有益身心，胜于吃药。要是赶上狂风暴雨或天气突变哪，就得全家动员，抢救花草，十分紧张。几百盆花，都要很快地抢到屋里去，使人腰酸腿疼，热汗直流。第二天，天气好转，又得把花儿都搬出去，就又一次腰酸腿疼，热汗直流。可是，这多么有意思呀！不劳动，连棵花儿也养不活，这难道不是真理么？

送牛奶的同志，进门就夸"好香"！这使我们全家都感到骄傲。赶到昙花开放的时候，约几位朋友来看看，更有秉烛夜游的神气——昙花总在夜里放蕊。花儿分根了，一棵分为数棵，就赠给朋友们一些；看着友人拿走自己的劳动果实，心里自然特别喜欢。

当然，也有伤心的时候，今年夏天就有这么一回。三百株菊秧还在地上（没到移入盆中的时候），下了暴雨。邻家的墙倒了下来，菊秧被砸死者约三十多种，一百多棵！全家都几天没有笑容！

有喜有忧，有笑有泪，有花有实，有香有色，既须劳动，又长见识，这就是养花的乐趣。

猫

老舍

  猫的性格实在有些古怪。说它老实吧，它的确有时候很乖。它会找个暖和地方，成天睡大觉，无忧无虑，什么事也不过问。可是，赶到它决定要出去玩玩，就会走出一天一夜，任凭谁怎么呼唤，它也不肯回来。说它贪玩吧，的确是呀，要不怎么会一天一夜不回家呢？可是，及至它听到点老鼠的响动啊，它又多么尽职，闭息凝视，一连就是几个钟头，非把老鼠等出来不拉倒！

  它要是高兴，能比谁都温柔可亲：用身子蹭你的腿，把脖儿伸出来要求给抓痒，或是在你写稿子的时候，跳上桌来，在纸上踩印几朵小梅花。它还会丰富多腔地叫唤，长短不同，粗细各异，变化多端，力避单调。在不叫的时候，它还会咕噜咕噜地给自己解闷。这可都凭它的高兴。它若是不高兴啊，无论谁说多少好话，它一声也不出，连半个小梅花也不肯印在稿纸上！它倔强得很！

  是，猫的确是倔强。看吧，大马戏团里什么狮子、老虎、大象、狗熊，甚至于笨驴，都能表演一些玩艺儿，可是谁见过耍猫呢？（昨天才听说：苏联的某马戏团里确有耍猫的，我当然还没亲眼见过。）

  这种小动物确是古怪。不管你多么善待它，它也不肯跟着你上街去逛逛。它什么都怕，总想藏起来。可是它又那么勇猛，不要说见着小虫和老鼠，就是遇上蛇也敢斗一斗。它的嘴往往被蜂儿或蝎子螫的肿起来。

赶到猫儿们一讲起恋爱来，那就闹得一条街的人们都不能安睡。它们的叫声是那么尖锐刺耳，使人觉得世界上若是没有猫啊，一定会更平静一些。

可是，及至女猫生下两三个棉花团似的小猫啊，你又不恨它了。它是那么尽责地看护儿女，连上房兜兜风也不肯去了。

郎猫可不那么负责，它丝毫不关心儿女。它或睡大觉，或上屋去乱叫，有机会就和邻居们打一架，身上的毛儿滚成了毡，满脸横七竖八都是伤痕，看起来实在不大体面。好在它没有照镜子的习惯，依然昂首阔步，大喊大叫，它匆忙地吃两口东西，就又去挑战开打。有时候，它两天两夜不回家，可是当你以为它可能已经远走高飞了，它却瘸着腿大败而归，直入厨房要东西吃。

过了满月的小猫们真是可爱，腿脚还不甚稳，可是已经学会淘气。妈妈的尾巴，一根鸡毛，都是它们的好玩具，耍上没结没完。一玩起来，它们不知要摔多少跟头，但是跌倒即马上起来，再跑再跌。它们的头撞在门上，桌腿上，和彼此的头上。撞疼了也不哭。

它们的胆子越来越大，逐渐开辟新的游戏场所。它们到院子里来了。院中的花草可遭了殃。它们在花盆里摔跤，抱着花枝打秋千，所过之处，枝折花落。你不肯责打它们，它们是那么生气勃勃，天真可爱呀。可是，你也爱花。这个矛盾就不易处理。

现在，还有新的问题呢：老鼠已差不多都被消灭了，猫还有什么用处呢？而且，猫既吃不着老鼠，就会想办法去偷捉鸡雏或小鸭什么的开开斋。这难道不是问题么？

在我的朋友里颇有些位爱猫的。不知他们注意到这些问题没有？记得二十年前在重庆住着的时候，那里的猫很珍贵，须花钱去买。在当时，那里的老鼠是那么猖狂，小猫反倒须放在笼子里养着，以免被老鼠吃掉。据说，目前在重庆已很不容易见到老鼠。那么，那里的猫呢？是不是已经不放在笼子里，还是根本不养猫了呢？这须打听一下，以备参考。

也记得三十年前，在一艘法国轮船上，我吃过一次猫肉。事前，我并不知道那是什么肉，因为不识法文，看不懂菜单。猫肉并不难吃，虽不甚香美，可也没什么怪味道。是不是该把猫都送往法国轮船上去呢？我很难作出决定。

猫的地位的确降低了，而且发生了些小问题。可是，我并不为猫的命运多耽什么心思。想想看吧，要不是灭鼠运动得到了很大的成功，消除了巨害，猫的威风怎会减少了呢？两相比较，灭鼠比爱猫更重要的多，不是吗？我想，世界上总会有那么一天，一切都机械化了，不是连驴马也会有点问题吗？可是，谁能因耽忧驴马没有事做而放弃了机械化呢？

图书在版编目（CIP）数据

大师语文课：写作七十二讲 / 夏丏尊，叶圣陶著
. 一成都：天地出版社，2019.9（2020.2重印）
（中国文学大师经典文库）
ISBN 978-7-5455-5037-5

Ⅰ．①大… Ⅱ．①夏… ②叶… Ⅲ．①中国文学—文学创作—青少年读物 Ⅳ．①I206-49

中国版本图书馆CIP数据核字（2019）第128785号

| 中国文学大师经典文库 |

DASHI YUWEN KE：XIEZUO QISHI'ER JIANG

大师语文课：写作七十二讲

出品人	杨 政
作　者	夏丏尊　叶圣陶
责任编辑	李红珍　江秀伟
责任印制	董建臣　张晓东

出版发行	天地出版社
	（成都市槐树街2号　邮政编码：610014）
	（北京市方庄芳群园3区3号　邮政编码：100078）
网　　址	http://www.tiandiph.com
电子邮箱	tianditg@163.com
经　　销	新华文轩出版传媒股份有限公司

印　刷	北京彩虹伟业印刷有限公司
版　次	2019年9月第1版
印　次	2020年2月第3次印刷
开　本	787mm×1092mm　1/16
印　张	18
字　数	210千字
定　价	25.00元
书　号	ISBN 978-7-5455-5037-5

版权所有◆违者必究

咨询电话：(028) 87734639（总编室）
购书热线：(010) 67693207（营销中心）

本版图书凡印刷、装订错误，可及时向我社营销中心调换

中国文学大师经典文库

THE WORKS OF MASTERS IN CHINESE
LITERARY HISTORY